Rosamunde Pilcher

Liebe im Spiel

Erzählungen

Deutsch von
Dorothee Asendorf

Rowohlt

Veröffentlicht im
Rowohlt Taschenbuch Verlag GmbH,
Reinbek bei Hamburg, Juli 1996
Die Erzählungen der vorliegenden
Ausgabe wurden dem Band
«Blumen im Regen» entnommen

Titel der Originalausgabe
«Flowers in the Rain»,
1991 erschienen bei
New English Library,
Hodder and Stoughton Ltd., London

Umschlaggestaltung Beate Becker/Gabriele Tischler
(Illustration: Barbara Hanke)
Gesamtherstellung Clausen & Bosse, Leck
Printed in Germany
200-ISBN 3 499 22084 9

Inhalt

Liebe im Spiel

Das hier war also der richtige Beginn ihres gemeinsamen Lebens. Die Flitterwochen waren vorüber und vorbei. An diesem Morgen war Julian wieder zur Arbeit in sein Londoner Büro gegangen und befand sich jetzt auf dem Heimweg nach Putney.

Wie ein langgedienter Ehemann kramte er in seiner Tasche nach dem Hausschlüssel, aber Amanda machte die Tür auf, ehe er dazu kam, ihn ins Schlüsselloch zu stecken; doch was jetzt passierte, übertraf alles: er betrat sein eigenes Haus, machte seine eigene Haustür hinter sich zu und nahm seine eigene Frau in die Arme.

Als sie wieder Luft bekam, sagte sie: «Du hast noch nicht mal den Mantel ausgezogen.»

«Keine Zeit.»

Aus der Küche kam ein köstlicher Duft. Über ihre Schulter hinweg sah er den gedeckten Tisch in der kleinen Diele, die ihnen als Speisezimmer diente. Die Gläser und Sets und das silberne Besteck, das sie von seiner

Mutter zur Hochzeit bekommen hatten, schimmerten im sanften Licht.

«Aber Schatz...»

Er spürte Amandas Rippen, ihre schmale Taille, die Rundung ihres properen verlängerten Rückens. Er sagte: «Sei still. Merkst du denn nicht, daß ich nur Zeit fürs Wesentliche habe...»

Am nächsten Morgen klingelte Julians Bürotelefon. Tommy Benham. «Schön, daß du wieder im Lande bist, Julian. Was ist mit Samstag in Wentworth? Ich habe mich schon mit Roger und Martin abgesprochen, um zehn soll's losgehen.»

Julian antwortete nicht gleich.

Amanda war sich im klaren über Tommy und Golf. Vor ihrer Verlobung und danach hatte sie die Tatsache, daß die Samstage und manchmal auch die Sonntage dem Golfspiel gehörten, mit Gleichmut hingenommen. Aber dieser Samstag war der erste ihres gemeinsamen Lebens, und vielleicht wollte sie den mit ihm verbringen.

«Ich... ich weiß nicht recht, Tommy.»

Tommy war entrüstet. «Was soll das heißen? Du kannst doch deinen Lebensstil nicht einfach ändern, bloß weil du eine Frau hast! Außerdem hat's ihr früher nichts ausgemacht, warum also jetzt?»

Ein gutes Argument. «Vielleicht sollte ich ein Wort mit...»

«Wer nicht diskutiert, kriegt auch keinen Streit. Stell sie vor die vollendete Tatsache. Kannst du um zehn dasein?»

«Ja, natürlich, aber...»

«Schön, wir erwarten dich. Wiedersehen.»

Und Tommy legte auf.

An diesem Abend machte Julian auf dem Heimweg halt und kaufte seiner Frau Blumen. ‹Die werden ihr gefallen›, dachte er und war sehr zufrieden.

‹Sie riecht den Braten, sowie sie die sieht›, höhnte eine innere Stimme. ‹Sie muß annehmen, daß du mit einer von den Tippsen geflirtet hast.›

‹Lachhaft. Sie weiß, daß ich am Wochenende immer Golf spiele. Und Tommy hat recht. Stell sie vor vollendete Tatsachen. Heiraten bedeutet nicht, daß man seinen Lebensstil ändert. Kompromisse, ja, aber keine völlige Umstellung der Gewohnheiten.›

‹Wer muß denn hier Kompromisse machen?› höhnte die Stimme. ‹Sie oder du?›

Darauf gab Julian keine Antwort.

Am Ende war er vollkommen ehrlich. Er fand eine verdreckte Amanda im Garten, der das blonde Haar ins Gesicht fiel.

Julian zauberte die Blumen mit dem Schwung des erfolgreichen Zauberkünstlers hinter dem Rücken hervor.

«Die hab ich dir mitgebracht», sagte er, «weil ich mir so gemein vorkomme. Tommy hat heute morgen angerufen, und ich habe ihm versprochen, daß ich Samstag mit ihm Golf spiele, und seitdem habe ich ein schlechtes Gewissen.»

Sie hatte das Gesicht in die Blüten gesteckt. Jetzt blickte sie erstaunt auf und lachte. «Aber warum denn, Schatz?»

«Macht es dir nichts aus?»

«Also, das erste Mal ist es nun wirklich nicht!»

Oh, wie er sie liebte. Er nahm sie in die Arme und küßte sie leidenschaftlich.

Samstag war herrliches Wetter. Die Sonne strahlte nur so auf Wentworth herunter, und die Fairways erstreckten sich einladend und samtig vor ihnen. An solch einem Tag konnte Julian, der mit Tommy zusammen spielte, überhaupt keinen Fehler machen.

Auf der Heimfahrt hatte er den Kopf voller netter, großherziger Gedanken. Er fand, er sollte Amanda zum Essen ausführen, aber als er aus dem Auto stieg, da hatte sie schon ihre Spezial-Moussaka gemacht, also öffnete er eine Flasche Wein, und sie aßen zu Haus.

Amanda trug den kanariengelben Kaftan, den er ihr in den Flitterwochen in New York gekauft hatte, und das Haar fiel ihr wie ein heller seidiger Vorhang auf die Schultern.

Sie sagte: «Soll ich uns Kaffee machen?»

Er streckte die Hand aus und berührte die Spitzen dieser blonden Haare. «Später.»

Am nächsten Samstag spielte er wieder Golf und am übernächsten auch. Das darauffolgende Wochenende wechselten sie zu Sonntag über, aber die Umstellung nahm er leichten Herzens in Kauf.

«Ist nichts mit Samstag», sagte er zu Amanda, als er heimkam. «Statt dessen spielen wir Sonntag.»

«Sonntag?»

«Ja.» Er schenkte ihnen Drinks ein und ließ sich mit der Abendzeitung in den Sessel fallen.

«Warum Sonntag?»

Er war so vertieft in die Aktiennotierungen, daß ihm ein gewisser Tonfall in ihrer Stimme entging.

«Hmm? Ach, Tommy kann Samstag nicht.»

«Ich habe aber für Sonntag bei meinen Eltern zugesagt.»

«Was?» Sie hörte sich überhaupt nicht

böse an, sondern nur höflich. «Oh, tut mir leid. Aber die verstehen das schon. Ruf sie an und sag, wir kommen an einem anderen Wochenende.» Er kehrte zu seinen Aktiennotierungen zurück, und Amanda sagte nichts mehr.

Der Sonntag war ein Reinfall. Es regnete ununterbrochen, Tommy hatte einen Kater vom vorherigen Abend, und Julian spielte so schlecht, daß er schon dem Spiel für immer abschwören, seine Golfschläger verkaufen und eine andere Sportart aufnehmen wollte. Finster und übellaunig kehrte er nach Haus zurück, und seine Laune besserte sich auch nicht, als er das Haus leer vorfand.

Ziellos wanderte er durch die Zimmer und ging schließlich nach oben und badete. Als er in der Wanne saß, kam Amanda heim.

«Wo bist du gewesen?» wollte er zornig wissen.

«Zu Hause. Ich hab doch gesagt, ich will meine Eltern besuchen.»

«Wie bist du hingekommen? Ich meine, wo ich das Auto hatte.»

«Hin mit dem Zug, und zurück hat mich jemand netterweise mitgenommen.»

«Ich wußte nicht, wo du bist.»

«Na schön, dann weißt du's jetzt, oder?» Sie gab ihm einen lahmen Kuß. «Und erzähl mir bloß nicht, wie dein Tag war, ich weiß es nämlich. Gräßlich.»

Er war entrüstet. «Woher willst du das wissen?»

«Weil ich ohne ein Leuchten in deinen Augen, ohne Schweifwedeln empfangen werde.»

«Was gibt's zum Abendessen?»

«Rührei.»

«Rührei? Ich bin am Verhungern. Ich hatte zu Mittag nur ein Sandwich.»

«Ich meinerseits hatte ein richtiges Mittagessen und bin überhaupt nicht hungrig. Rührei», sagte sie und machte die Tür hinter sich zu.

Das war dann wohl ihr erster Ehekrach. Kein richtiger Krach, sondern nur Kälte zwischen ihnen. Aber es reichte, daß er sich scheußlich fühlte, und am nächsten Tag kaufte er auf dem Heimweg wieder einmal Blumen, und sie liebten sich, kaum daß er nach Haus gekommen war, und später ging er mit ihr essen.

Danach war alles wieder gut. Als Tommy anrief und sich zum nächsten Spiel für Samstag verabredete, stimmte Julian freudig zu.

An diesem Abend hockte Amanda oben auf einer Trittleiter im Badezimmer, wo sie die Decke weiß tünchte.

«Um Himmels willen, sei vorsichtig.»

«Bin ich auch.» Sie beugte sich herunter, damit er ihr einen Kuß geben konnte. «Findest du nicht, daß es so besser aussieht?» Beide musterten die Decke. «Und dann streiche ich die Wände, glaube ich, hellgelb, damit sie zur Badewanne passen, und dazu könnten wir einen grünen Badevorleger kaufen.»

«Einen Badevorleger?»

«Was klingst du so entgeistert. Wir können ja einen billigen nehmen. In der High Street gibt es ein Sonderangebot, laß uns Samstag hingehen und es ansehen.»

Sie machte sich wieder an die Arbeit. Eine lange Pause. Julian fühlte sich in die Enge getrieben und versuchte die Situation im Griff zu behalten.

Ruhig sagte er: «Samstag kann ich nicht. Ich spiele Golf.»

«Ich dachte, du spielst jetzt sonntags Golf.»

«Nein. Nur letzte Woche.»

Eine weitere Pause. Amanda sagte: «Ach so.»

An diesem Abend redete sie kaum noch mit ihm. Und wenn, dann ganz höflich. Nach dem Abendessen gingen sie ins Wohnzimmer, und sie schaltete den Fernseher ein. Er schaltete ihn aus und sagte: «Amanda.»

«Ich möchte das sehen.»

«Das geht nicht, weil wir jetzt miteinander reden.»

«Ich will aber nicht.»

«Na schön, dann rede eben ich allein. Ich bin nun mal kein Ehemann, der samstags morgens mit seiner Ehefrau einkaufen geht und sonntags nachmittags den Rasen mäht. Ist das ganz klar?»

«Das heißt also, daß ich einkaufen und den Rasen mähen muß.»

«Das kannst du halten, wie du willst. Wir sehen uns jeden Tag...»

«Was glaubst du, was ich tue, wenn du den ganzen Tag über im Büro bist?»

«Du brauchst gar nichts zu tun. Du hast einen tollen Job gehabt, aber den hast du aufgegeben, weil du unbedingt Hausfrau sein wolltest.»

«Na und? Heißt das etwa, daß ich den Rest meines Lebens allein verbringen und meine Pläne deinem blöden Golfspiel unterordnen muß?»

«Was willst du dagegen machen?»

«Es ist mir egal, was ich mache – Hauptsache, ich muß es nicht allein machen. Kapierst du das? Ich will es nicht allein machen!»

Dieses Mal war es ein richtiger Krach, ein bitterböser Krach. Morgens klaffte immer noch eine Kluft zwischen ihnen. Er küßte sie zum Abschied, aber sie wandte den Kopf ab, und er ging wütend zur Arbeit.

Der Tag zog sich dahin, ein frustrierender Arbeitstag, an dem ihn alles reizte und nervte. Als er zu Ende ging, spürte Julian, daß er mit einem ruhigen und verständnisvollen Menschen reden mußte. Einem alten und weisen Menschen, der ihm Rückhalt geben konnte. Es gab nur einen Menschen, der dafür in Frage kam, und Julian machte sich auf den Weg zu ihm. Zu seiner Patentante.

«Julian», sagte sie. «Was für eine nette Überraschung. Komm rein.»

Er sah sie liebevoll an. Sie war hoch in den Sechzigern, aber so hübsch und lebendig wie eh und je. Sie war eine Freundin seiner Mutter und nicht verwandt mit ihm, aber er hatte sie immer Tante Nora genannt. Nora Stockforth.

Er erzählte ihr alles. Von den Flitterwochen in New York, von dem neuen Haus.

«Und wie geht es Amanda?»

«Gut.»

Tante Nora schenkte ihm noch einmal das Glas voll. Dann setzte sie sich wieder, blickte auf, und ihre Blicke trafen sich. Sie sagte sanft: «Das hört sich nicht danach an, als ginge es ihr gut.»

«Tut es aber. Bloß daß sie…»

Und dann platzte er mit allem heraus. Er erzählte ihr von Tommy und dem wöchentlichen Golfspiel. Er erzählte ihr, daß Amanda immer Bescheid gewußt und es ihr nie etwas ausgemacht hätte. «Aber jetzt…»

«Jetzt macht es ihr etwas aus.»

«Einfach lachhaft. Ein einziger Tag in der Woche. Und sie will gar nichts Besonderes machen, sie will es nur nicht allein machen.»

Tante Nora sagte: «Hoffentlich bittest du mich nicht, dazu Stellung zu nehmen.»

Julian runzelte die Stirn. «Was meinst du damit?»

«Ich denke nicht im Traum daran, Partei zu ergreifen. Aber ich finde es richtig, daß du zu mir gekommen bist und mit mir geredet hast. Manchmal hilft allein das schon, damit man nicht überreagiert.»

«Und du glaubst, das ist bei mir der Fall?»

«Nein, ganz und gar nicht. Aber ich glaube, du mußt einen längeren Atem haben. Eine Ehe ist für mich immer wie ein neugeborenes Kind. Die ersten zwei Jahre muß man es hätscheln und liebhaben und ihm Sicherheit geben. Im Augenblick habt ihr beiden, du und Amanda, an nichts weiter zu denken als an euch. Das ist die Zeit, in der man sein gemeinsames Leben gestaltet, damit man in schlechten Zeiten – und die kommen bestimmt – etwas hat, an das man sich erinnern kann, was die Ehe zusammenhält.»

«Dann findest du mich also selbstsüchtig?»

«Ich habe doch schon gesagt, daß ich nicht Stellung nehme.»

«Du findest also, sie beschwert sich zu Recht?»

Tante Nora lachte. «Ich finde, solange sie sich noch beschwert, brauchst du dir keine Sorgen zu machen. Erst wenn sie's nicht mehr tut, steht dir Ärger ins Haus.»

Er stellte sein Glas hin. «Was für Ärger denn?»

«Darauf mußt du selber kommen. Und jetzt solltest du lieber gehen, sonst denkt Amanda noch, es ist ein schrecklicher Unfall passiert.» Sie standen auf. «Besuch mich mal wieder, Julian. Und bring das nächste Mal Amanda mit.»

Er war immer noch nachdenklich, als er nach Haus kam. Amanda machte die Tür auf, ehe er überhaupt Zeit hatte, nach seinen Schlüsseln zu kramen, und da standen sie und blickten sich mit ernster Miene an.

Dann lächelte sie. «Hallo.»

Alles war gut. «Schätzchen.» Er trat ins Haus und küßte sie. «Es tut mir so leid.»

«Ach, Julian, mir tut's auch so leid. Hast du einen schönen Tag gehabt?»

«Nein – aber jetzt ist alles wieder gut. Ich komme so spät, weil ich auf dem Nachhauseweg Tante Nora besucht habe. Sie läßt natürlich schön grüßen.»

Später sagte Amanda ganz nebenbei: «Könnte ich morgen das Auto haben?»

«Ja, klar doch. Hast du was Besonderes vor?»

«Nein», sagte sie, ohne ihn anzusehen. «Es könnte nur sein, daß ich es brauche, mehr nicht.»

Er wartete, daß sie mehr erzählte, aber sie sagte nichts weiter. Wozu wollte sie das Auto haben? Vielleicht um mit einer Freundin in der Stadt zu Mittag zu essen.

Als er am nächsten Abend nach Haus kam, saß Amanda in ihren schicksten Sachen im Wohnzimmer vor dem Fernseher.

Er fragte: «Na, wie war's?» und wartete, daß sie ihm von ihrem Tag erzählte.

Aber sie sagte nur: «Schön.»

«Möchtest du einen Drink?»

«Nein, danke.»

Sie schien so in das Programm vertieft, daß er in die Küche ging, um sich ein Bier zu holen. Als er den Kühlschrank aufmachte, fielen ihm auf einmal siedendheiß Tante Noras

Worte ein: ‹Wenn sie sich nicht mehr beschwert, steht dir Ärger ins Haus.›

Offensichtlich hatte Amanda aufgehört, sich zu beschweren. Was war anders an ihr? Und wieso diese Aufmachung?

Er prüfte das Eis vorsichtig und fragte: «Was macht das Badezimmer?»

«Ich hatte heute keine Zeit dafür.»

«Willst du immer noch den Vorleger kaufen? Vielleicht könnte ich Tommy anrufen, daß er jemand anders bittet, Samstag mit ihm Golf zu spielen.»

Amanda lachte. «Ach, das macht doch nichts. Hat keinen Zweck, alles wieder umzuschmeißen.»

«Aber…»

«Und überhaupt», unterbrach sie sein aufopferungsvolles Angebot, ohne überhaupt zuzuhören, «habe ich Samstag wahrscheinlich was vor.» Sie sah auf ihre Uhr. «Wann möchtest du essen?»

Er wollte nichts essen. Sein Magen war ein großes Loch, in dem ein furchtbarer Argwohn wühlte. Es machte ihr nichts mehr aus, wenn er sie samstags allein ließ. Sie hatte sich auf eigene Faust etwas vorgenommen… Eine Verabredung? Ein Rendezvous?

Aber sie doch nicht… nicht seine Amanda.

Und warum nicht? Sie war jung und attraktiv. Ehe sie Julian endlich erhörte, hatten die jungen Männer Schlange gestanden, um mit ihr auszugehen.

«Julian, ich habe dich gefragt, wann du essen möchtest?»

Er starrte sie an, als ob er sie noch nie im Leben gesehen hätte. Trotz des unerwarteten Kloßes in seinem Hals brachte er heraus: «Wann du willst.»

Es war lachhaft, aber er sehnte sich geradezu nach einer Erkältung, einer Grippe – was auch immer, Hauptsache, er hatte eine hieb- und stichfeste Ausrede, um Samstag nicht in Wentworth Golf spielen zu müssen. Aber Pech, ihm fehlte überhaupt nichts. Als er ging, lag Amanda noch im Bett, was ganz untypisch war.

Er spielte wie im Vollrausch. Schließlich hielt es Tommy nicht länger, und er fragte: «Ist was?»

«Hmm. Nein.»

«Du bist ganz weggetreten. Wir hinken nämlich sieben hinterher.»

Sie wurden natürlich haushoch geschlagen, was Tommy gar nicht gefiel. Noch viel weniger gefiel es ihm, als Julian keine zweite Runde spielen wollte und sagte, er führe jetzt nach Haus.

«Also ist doch was», sagte Tommy.

«Wieso sollte was sein?»

«Ich finde, du siehst schon aus wie ein richtiger Ehemann. Amanda macht doch nicht etwa Theater? Sieh zu, daß du die Oberhand behältst, Julian.»

‹Blöder Kerl›, dachte Julian, als er nach London zurückbrauste. ‹Was weiß der schon? Ich und wie ein Ehemann aussehen, daß ich nicht lache. Wie soll ich denn sonst aussehen, etwa wie Miss World?› Aber als er schließlich in ihre schmale, baumbestandene Straße einbog, verpuffte sein aufgeputschter Heldenmut. Denn das Haus war leer.

Er sah auf seine Uhr. Vier. Was machte sie? Wo war sie? Sie hätte ihm ruhig einen Zettel hinlegen können, aber er fand keinen. Nur der Kühlschrank summte, und es roch nach Möbelpolitur.

Er dachte: ‹Sie kommt nicht wieder.› Allein schon bei dem Gedanken lief es ihm kalt den Rücken hinunter, und er zitterte. Keine Amanda mehr. Kein Lachen mehr, kein umgegrabener Garten mehr, kein Krach mehr. Aus, Schluß mit der Liebe.

Er hatte seine Golfschläger am Fuß der Treppe fallen lassen. Jetzt stieg er über sie hinweg und setzte sich auf die unterste Stufe, denn wohin hätte er sich sonst setzen sollen.

Er dachte zurück. Da war der Sonntag, an dem sie zum Mittagessen zu ihren Eltern gefahren war und nach Haus gebracht worden war... Wer hatte sie gebracht? Julian hatte nicht nachfragen mögen, aber jetzt wußte er, es war Guy Hanthorpe gewesen.

Guy Hanthorpe, Amandas treuster Freund. Er kannte sie von Kindesbeinen an, denn beider Eltern wohnten auf dem Land und waren Nachbarn. Er war ein erfolgreicher Makler und distinguiert obendrein. Julian, der untersetzt und dunkel war, hatte den hochgewachsenen blonden Guy von Anfang an nicht leiden können.

Und da hockte er immer noch auf der untersten Treppenstufe, es dämmerte schon, und er rauchte sich dumm und dämlich und dachte sich die herzbeklemmendsten Dinge aus, als er ein Auto auf der Straße kommen hörte.

Es hielt vor dem Haus, Türen gingen auf und zu, und dann hörte er Stimmen und Schritte auf dem Gartenweg.

Er kam hoch und riß die Tür auf.

Amanda. Und Guy.

«Schatz, du bist schon da!» Amanda staunte.

Julian sagte kein Wort. Er stand einfach da und blickte Guy an und merkte, daß ihm die

Wut den Brustkasten wie mit einem Schraubstock zusammenpreßte. Am liebsten wäre er auf Guy losgegangen; er sah sich schon zuschlagen wie in einem Actionfilm, in Zeitlupe. Er sah seine Hand hochschnellen und in Guys freundliches Gesicht schmettern. Sah, wie Guy zu Boden ging, besinnungslos zusammenbrach und im Fall mit dem Kopf aufschlug; wie er bewußtlos auf dem Pflaster lag und Blut aus seinem Mund, aus der gräßlichen Kopfwunde rann…

«Hallo, Julian», sagte Guy, und Julian zwinkerte und staunte, weil er Guy am Ende doch nicht zusammengeschlagen hatte.

«Wo bist du gewesen?» fragte er Amanda.

«Bei meiner Mutter. Und Guy besuchte seine Mutter, und da hat er mich nach Haus gebracht.» Julian sagte nichts.

Gereizt fuhr Amanda fort: «Dürften wir wohl reinkommen? Es ist ziemlich kühl, und es fängt an zu nieseln.»

«Ja. Ja, natürlich.»

Er trat beiseite, aber Guy sagte: «Lieber nicht, danke.» Er sah auf seine Uhr. «Ich esse heute abend auswärts, da wird es Zeit, daß ich nach Haus komme und mich umziehe. Ich verabschiede mich also lieber.

Wiedersehen Amanda.» Er gab ihr ein Küßchen auf die Wange, winkte Julian zu und lief mit langen Schritten den Weg hinunter.

Amanda rief ihm nach: «Auf Wiedersehen, und vielen Dank fürs Mitnehmen.»

Sie stand in der Diele und sah den Beutel mit den Golfschlägern am Fuß der Treppe. Die nicht zugezogenen Vorhänge. Und Julian. Sie sagte: «Ist was?»

«Nein, nichts», gab er etwas bissig zurück. «Nichts. Nur daß ich dachte, du kommst nie wieder.»

«Nie wieder...? Bist du nicht ganz bei Trost?»

«Ich dachte, du wärst mit Guy zusammen.»

«War ich auch.»

«Ich meine, den ganzen Tag.»

Sie lachte, hörte aber jäh auf. «Julian, ich hab's dir doch gesagt. Ich bin bei meiner Mutter gewesen.»

«Das hast du mir heute morgen nicht gesagt. Und wo warst du an dem Tag, als ich nach Haus gekommen bin und du ganz aufgedonnert warst und nach Parfüm gestunken hast?»

«Wenn du so bist, sage ich gar nichts.»

«Und ob du was sagst!» brüllte er.

Danach herrschte schreckliche Stille.

Dann sagte Amanda sehr ruhig: «Ich habe das Gefühl, wir sollten beide tief Luft holen und noch einmal von vorn anfangen.»

Julian holte tief Luft. «In Ordnung», sagte er. «Du fängst an.»

Sie sagte: «Damals bin ich für einen Tag nach Haus gefahren. Ich habe das Auto gebraucht, weil ich zum Arzt wollte. Mein Krankenschein liegt noch immer bei unserem Hausarzt, und in London habe ich noch keinen Arzt. Ich habe mich aufgedonnert, weil ich die dreckigen Malerklamotten satt hatte und weil meine Mutter es mag, wenn ich mich schick mache. Und heute bin ich hin, weil ich noch einmal zum Arzt mußte, er wollte noch einen Test machen, um ganz sicher zu sein.»

Mußte sie sterben? «Ganz sicher, weswegen?»

«Und weil du das Auto hattest, mußte ich den Zug nehmen, und Guy hat mich netterweise zurückgebracht wie schon mal, und was tust du, stehst da und frißt ihn fast auf. Ich habe mich selten so geschämt.»

«Amanda? Was hat der Arzt gesagt?»

«Daß ich ein Kind kriege, natürlich.»

«Ein Kind!» Er suchte nach Worten. «Aber wir haben doch eben erst geheiratet!»

«Wir sind fast vier Monate verheiratet.

Und unsere Flitterwochen waren sehr lang...»

«Aber wir wollten doch nicht...»

«Ich weiß, daß wir noch nicht wollten.» Das hörte sich ganz nach Tränen an. «Aber es ist nun mal passiert, und wenn du weiter in diesem Ton mit mir sprichst...»

«Ein Kind», wiederholte er, und dieses Mal hörte er sich erstaunt an. «Du bekommst ein Kind! Ach, Schatz, du bist die wunderbarste Frau auf der ganzen Welt.»

«Und du bist nicht böse?»

«Böse? Ich bin ganz aus dem Häuschen!» Verwundert merkte er, daß es sogar stimmte. «Ich bin noch nie so aus dem Häuschen gewesen.»

«Ob unser Haus groß genug ist für drei?»

«Natürlich.»

«Ich möchte nämlich nicht umziehen. Unser kleines Haus...»

«Wir ziehen auch nicht um. Wir bleiben für immer hier und kriegen eine Riesenfamilie und haben den ganzen Gartenweg entlang Kinderwagen stehen.»

Sie sagte: «Ich wollte dir nichts davon erzählen, weil ich selber nicht ganz sicher war und noch ein Weilchen abwarten wollte.»

«Ist doch nicht mehr wichtig. Nichts ist mehr wichtig, nur dies...»

Und es stimmte. An diesem Abend kochte Julian für Amanda, und sie aßen vor dem Kamin von einem Tablett, und sie legte die Füße auf dem Sofa hoch, weil das angeblich alle werdenden Mütter machten.

Und als es schließlich Zeit war, zu Bett zu gehen, schloß Julian überall ab, legte seiner Frau den Arm um die Schultern und geleitete sie zärtlich zur Treppe.

Seine kostbare Tasche mit den Golfschlägern lag immer noch da, wo er sie hatte fallen lassen, doch er schob sie mit dem Fuß beiseite und ließ sie liegen. Die konnte er immer noch wegräumen…

Christabel

Mrs. Lowyer wachte um die gewohnte, christliche Zeit auf, nämlich um halb neun, beim Summen des Mähdreschers im Gerstenfeld. Ein angenehmes Geräusch beim Aufwachen an einem Spätsommermorgen. Diese Jahreszeit hatte sie schon immer sehr gemocht; sie liebte den herrlichen goldenen Sonnenschein des Altweibersommers, das Leuchten der Ebereschentrauben, den Geschmack der ersten Brombeeren. Sie hatte – vor langer, langer Zeit – im September geheiratet, und ihr einziger Sohn, Paul, war ein Jahr darauf im gleichen Monat zur Welt gekommen. Und jetzt sollte seine Tochter in einer Woche heiraten. Mrs. Lowyer lag im Bett und betrachtete den Himmel durchs Fenster (sie konnte einfach nicht bei zugezogenen Vorhängen schlafen) und sah, daß er zwischen sanften, langsam dahinziehenden Wolken so blau war wie ein Rotkehlchenei.

Nach einem Weilchen stand sie auf, zog Morgenmantel und Hausschuhe an und ging zum Fenster, um sich die Welt draußen anzusehen. Ihr Fenster befand sich auf der Rückseite des kleinen Hauses und ging auf einen Garten von der Größe eines erweiterten Blumentopfs. Jenseits des Zauns kam das große goldene Gerstenfeld und dahinter dann Shadwell, das alte Haus, wo mittlerweile ihr Sohn und seine Frau wohnten und wo Mrs. Lowyer mehr als dreißig Jahre gewohnt und ihre Familie versorgt hatte.

Der Mähdrescher fuhr den hintersten Feldrain entlang. Das riesige dunkelrote Ungetüm fraß sich durch das mehr als kniehohe Korn. Er war zu weit weg, als daß sie den Fahrer hätte erkennen können, aber sie wußte, es war Sam Crichtan. Er bewirtschaftete seinen Hof nur mit gelegentlichen Hilfsarbeitern und vertraute niemandem diese kostbare, horrend teure Maschine an. Wie lange er wohl schon an der Arbeit war? Wahrscheinlich seit Sonnenaufgang, und er würde erst aufhören, wenn es zu dunkel zum Arbeiten war. So ging es sieben Tage die Woche.

Mrs. Lowyer seufzte. Wegen Sam; wegen der vielen Veränderungen; wegen der Tatsache, daß sie mit ihren siebenundsechzig Jahren zu alt war, um ihm zur Hand zu gehen. Und wegen eines anderen, unerfindlichen Grundes, der ihr seit einiger Zeit im Hinterkopf herumspukte, den sie aber immer wieder verdrängte, weil sie ihn nicht genauer untersuchen mochte. Energisch schloß sie das Fenster und ging nach unten, schickte ihren kleinen Dachshund Lucy nach draußen, zündete das Gas an und setzte den Wasserkessel fürs Frühstück auf.

Um zehn Uhr war sie angezogen, hatte gefrühstückt und war in den Garten gegangen, wo sie ein paar verwelkte Rosenblüten abschnipste, ein, zwei Unkräuter zupfte und ein Büschel Herbstastern festband. Der Mähdrescher hatte das Feld einmal umrundet und ein breites Band geschnitten, und während sie mit Schere und Bindfaden herumwerkelte, kam er den Hang herauf und zu ihrem Gartenzaun gedonnert. Sie ließ das Blumenbeet Beet sein und ging zum Zaun, um Sam beim Vorbeifahren zuzuwinken. Aber er fuhr nicht vorbei. Er stellte den Motor ab und hielt die riesige Maschine an. Stille; kein Klappern und Drehen und Knirschen mehr. Herrliche morgendliche Stille. Sam machte die Kabinentür auf und kletterte herunter und kam steif und lahm über die Stoppeln zu ihr herüber.

Sie sagte: «Ich wollte dich nicht anhalten. Ich wollte dir nur zuwinken.»

«Oh, Entschuldigung, aber ich dachte, Sie wollten mir eine Tasse Tee anbieten. Ich habe vergessen, meine Feldflasche zu füllen, und meine Kehle ist wie ausgedörrt.»

«Aber natürlich mache ich dir eine Tasse Tee.» Und auch was zu essen, fügte sie in Gedanken hinzu, doch das sagte sie nicht laut. «Wie kommst du über den Zaun?»

«Leicht», sagte Sam. Er legte die Hand auf den Pfosten und schaffte mühelos eine Flanke. «Erstaunlich, was man alles kann, wenn eine Tasse Tee lockt.»

Sie lächelte. Sie hatte Sam immer gern gemocht. Seit zehn Jahren war er Pächter in Shadwell, und sie hatte ihn beobachtet, wie er mit starker Willenskraft und harter Arbeit aus einem vernachlässigten, heruntergewirtschafteten Besitz einen rentablen Betrieb gemacht hatte. Da wurden Wirtschaftsgebäude repariert, Zäune ausgebessert und Gewinne – sie wußte, wie jämmerlich mager die anfangs gewesen waren – wieder und wieder in den Hof investiert. Sie konnte sich nicht erinnern, daß er überhaupt einmal Urlaub gemacht hätte, obwohl er in der ersten Zeit noch zwei Männer zum Helfen hatte. Heute, bei den modernen Methoden und den neuen Maschinen, bewirtschaftete er den Hof mehr oder weniger allein, und es war das reine

Wunder, daß er dabei nicht vor Erschöpfung umfiel oder verbittert und verdrießlich wurde. Nichts davon war eingetreten, aber er war entsetzlich mager und sah viel älter aus als zweiunddreißig und zuweilen so müde, daß man dachte, er würde im Stehen einschlafen.

Sie sagte: «Na, dann komm herein und setz dich eine Minute.»

«Länger als bis zehn kann ich nicht bleiben. Heute abend muß das ganze Feld gemäht sein. Der Wetterbericht für morgen sieht nicht gut aus.»

«Na schön, Hauptsache, wir haben nächsten Samstag gutes Wetter, da kann uns ein kleiner Guß jetzt nichts schaden.»

«Das ist auch einer der Gründe, weshalb ich heute mähe. Paul möchte das Feld für die Hochzeit als Parkplatz benutzen. Er will Bohlen über den Grenzgraben legen, damit die Gäste von ihren Autos direkt zum Zelt gehen können...» Sie standen jetzt vor der Hintertür, und er zog die verdreckten Gummistiefel aus. Vorn an den Zehen hatte er Löcher in den Socken, aber sie tat so, als hätte sie es nicht gemerkt. Sie ging ihm voran in die kleine Küche und setzte den Wasserkessel auf, während Sam seine ölverschmierte Jacke von den Schultern rutschen ließ, einen Stuhl heranzog und sich mit einem Seufzer der Erleichterung an den Küchentisch setzte.

«Wann bist du heute morgen aufgestanden?» fragte sie ihn.

«Um sechs.»

«Dann hast du eigentlich dein Tagewerk schon hinter dir.» Ohne ihn weiter zu fragen, nahm sie die Bratpfanne, machte den Kühlschrank auf und holte Schinken und Eier und Würstchen heraus. Er blickte sich anerkennend um.

«So eine gutgeplante Küche habe ich noch nie gesehen. Wie eine Kombüse.»

«Für einen Menschen reicht sie vollkommen, aber wenn ich Gäste habe, wird es schnell sehr eng.»

Er zündete sich genüßlich seine Bruyèrepfeife an, so als gäbe es für ihn keine größere Freude. Mrs. Lowyer fand einen Aschenbecher und stellte ihn auf den Tisch. Jetzt brutzelte auch der Schinken in der Pfanne.

Auf einmal fragte Sam: «Hat es Ihnen nichts ausgemacht, hierherzuziehen, als Paul und Felicity Shadwell übernommen haben?»

«Nein. Ich hatte Glück, daß es überhaupt ein Haus für mich gab, auch wenn's so winzig ist. Traurig war nur, daß ich auch die meisten Möbel zurücklassen mußte, denn hier ist einfach kein Platz dafür. Aber meine Lieblingsstücke konnte ich mitnehmen. Und was sind schließlich Möbel? Nichts, worüber einem das Herz brechen müßte. Und ich kann sie ja immer sehen, wenn ich zum alten Haus gehe, und mich daran freuen. Felicity liebt sie genauso wie ich und pflegt sie wahrscheinlich besser, als ich es je getan habe. Sie stellt mich in den Schatten, so tüchtig, wie sie ist, und jetzt, bei der Planung von Christabels Hochzeit, ist sie natürlich in ihrem Element. Überall Listen und Tabellen an der Küchenwand. Und ihre Freundinnen hat sie alle rangekriegt, daß sie ihr Blumengestecke machen.»

Flink schlug sie ein Ei in die Pfanne, sah ihn an und schlug noch eins auf. Sie wußte seit langem, Sam zu beköstigen hieß, Wasser in ein Faß ohne Boden zu schöpfen. Er hatte einen gewaltigen Appetit, setzte anscheinend aber kein Gramm Fett an.

Zu ihrer letzten Bemerkung äußerte er sich nicht. Damit die Unterhaltung nicht ins Stokken geriet, fragte sie: «Wann wird das Zelt aufgestellt?»

«Dienstag oder Mittwoch, hängt ganz vom Wetter ab.»

«Und hat man dich auch zum Helfen rangekriegt?»

«Nein. Ich hatte mich angeboten, aber die Leihfirma macht alles. Felicity hat jedoch gesagt, daß im Haus Möbel umgestellt werden müssen, und so wird es wohl meine Aufgabe sein, Sofas durch die Gegend zu hieven wie ein gelernter Möbelpacker.»

«Und kommst du heute abend zu der Party?»

Wieder keine Antwort. Mrs. Lowyer blickte ihn an und sah, daß er sich vorgebeugt hatte, um seine Pfeife im Aschenbecher auszuklopfen. Er hatte den Blick gesenkt, und seine Miene war undurchdringlich. Auf einmal war sie beunruhigt. Sie fragte: «Du bist doch eingeladen, oder?»

«Ja, und ich habe auch zugesagt. Aber ich weiß nicht recht, ich muß mal sehen.»

«Sam, du mußt kommen.»

«Warum?»

«Sonst würdest du Christabel kränken.»

«Ach, das merkt sie doch gar nicht.»

«Mach dich nicht lächerlich, natürlich merkt sie es. Und natürlich wäre sie gekränkt. Außerdem kennst du Nigel noch nicht. Darum geht's bei der Party doch; alle sollen Nigel kennenlernen, damit er nicht auf der Hochzeit wie ein Kaninchen aus dem Hut gezaubert wird. Er macht zur Feier des Tages extra den weiten Weg von London, und es wäre sehr ungezogen, wenn wir nicht alle kommen würden.»

Sie schob den Schinken, die Eier und die Würstchen auf einen Teller und setzte ihn Sam mit einem dampfenden Becher Tee vor.

Er musterte den Festschmaus befriedigt, wenn auch leicht erstaunt. «Was ist das? Ein zweites Frühstück?»

«Mit Sicherheit hast du gar kein erstes gehabt.» Sie zog sich einen Stuhl heran und setzte sich ihm gegenüber an den Tisch.

«Na ja, ehrlich gesagt, nein.» Er machte sich über das Essen her.

«Sam, so geht es nicht weiter. Kein Mann kommt ganz allein zurecht, und vor allem dann nicht, wenn er von morgens bis in die Nacht auf dem Feld ist.»

«Ich schon.»

«Eine trostlose Angelegenheit, oder...?»

«Meistens kommt Aggie Watson morgens.»

«Und was tut sie? Wischt die Böden und schält einen Topf Kartoffeln! Das habe ich nicht gemeint, Sam. Du solltest dir eine Haushälterin suchen. Oder eine Frau. Es wird Zeit, daß du heiratest.»

Er sagte: «Eine Haushälterin kann ich mir nicht leisten.»

Mrs. Lowyer seufzte. «Und es gibt keine, die du heiraten möchtest?»

Nach einer Pause sagte Sam: «Nein.»

«Keine außer Christabel», sagte Mrs. Lowyer. Sie sagte es sehr rasch, ehe sie nachdenken konnte, ehe sie der Mut verließ, ins Fettnäpfchen zu treten. Aber sie wußte, es mußte einmal gesagt werden. Es mußte ans Licht, damit nicht irgend etwas Christabel den Hochzeitstag verdarb.

Er sagte, wie vorauszusehen war: «Wie kommen Sie darauf?»

«Ich habe es eigentlich immer gewußt.»

«Sie ist doch bloß ein kleines Mädchen.»

«Sie war ein kleines Mädchen, als du sie kennengelernt hast, aber jetzt ist sie zwanzig.»

Ihre Blicke trafen sich über den Tisch hinweg. Sams Augen waren ganz hellblau wie ein Winterhimmel. Wenn er guter Dinge war, funkelten sie fröhlich, aber jetzt wirkten sie kalt, wachsam und verrieten nichts.

Er sagte: «Sie heiratet Samstag» und aß weiter.

Das war ein Gefühl, als hätte er ihr eine Tür vor der Nase zugeschlagen, aber sie wußte, Feigheit vor dem Feind konnte sie sich nicht leisten. Sie sagte: «Ich glaube, du hast sie schon immer geliebt. Ich glaube nicht, daß es eine Zeit gegeben hat, wo du sie nicht geliebt hast. Und sie hat dich immer so gern gehabt. Ich weiß noch, wie du ihr mit ihrem ersten Pony geholfen hast und wie sie dir immer zwischen den Beinen rumgelaufen ist und versucht hat, dir bei der Arbeit zu helfen, dir die Krampen zugereicht hat, wenn du Zäune reparieren mußtest...»

«Und den Hammer verloren hat», sagte Sam.

«Sie hat sich auch nicht im entferntesten für die Jungs interessiert, mit denen sie aufgewachsen ist. Sie hat sogar ein Foto von dir mitgenommen, als sie ins Internat ging. Hast du das gewußt?»

«Es ändert sich eben alles», sagte Sam.

«Soll das heißen, du hast dich verändert, oder Christabel hat sich verändert?»

«Wohl beide. Wie schon gesagt, sie war bloß ein kleines Mädchen, aber sie ist erwachsen geworden und ich älter. Dann ist sie nach London gegangen, hat sich einen Job und eine eigene Wohnung gesucht...»

«Und Nigel kennengelernt...», beendete Mrs. Lowyer seinen Satz.

«Ja. Sie hat Nigel kennengelernt. Und jetzt will sie ihn heiraten.»

«Nimmst du ihr das übel?»

«Ich kenne ihn doch gar nicht.»

«Er ist ein sehr netter junger Mann, der gut zu ihr paßt. Jedes gescheite Mädchen hätte mit beiden Händen zugegriffen.»

«Christabel war schon immer gescheit.»

«Allmählich kommt mir der Verdacht, du bist es nicht.»

«Wieso?»

«Weil ein Blinder sehen kann, daß du sie liebst. Du hast sie immer geliebt, aber du hast sie nie gebeten, deine Frau zu werden.»

«Das ging nicht», sagte Sam.

«Du liebe Zeit, warum denn nicht?»

«Wegen allem. Darum nicht. Wegen allem. Was habe ich ihr denn zu bieten? Einen kleinen Hof, der mir nicht mal gehört. Ein kleines Haus mit zwei Schlafzimmern und kein Gedanke an Zentralheizung. Und was ist mit Geld, mit materiellen Dingen, all den Dingen, auf die ein Mädchen wie Christabel ein Recht hat? Nichts davon könnte ich bieten.»

«Hast du sie mal gefragt, ob sie das überhaupt haben will?»

«Nein.»

«Aber...»

Sam sah zum Erbarmen aus. Er schob den leeren Teller weg und stützte die Arme auf. Er sagte: «Bitte. Hören Sie auf damit.»

«Oh, Sam.» Einen Augenblick dachte sie, sie würde gleich losweinen. Und sie hatte seit Jahren nicht mehr geweint. Sie legte ihre Hand auf seine und spürte, wie verhornt und schwielig sie war.

Er sagte: «Jetzt ist es sowieso zu spät.»

Sie wußte, er hatte recht. Es war zu spät. Sie lächelte resolut und gab seiner Hand einen kleinen Klaps. «Na gut, reden wir nicht mehr darüber. Aber zu der Party, heute abend, kommst du. Wir haben ein kaltes Büfett, und hinterher soll getanzt werden. Disco nennt man das heute wohl.»

Er grinste. «Können Sie Discotänze?»

«Weiß ich nicht. Hab's nie probiert. Aber wenn mich jemand auffordert, ist es einen Versuch wert.»

Der Tag nahm seinen Fortgang, der Morgen ging dahin mit den tagtäglichen kleinen Pflichten. Nach dem Mittagessen holte Mrs. Lowyer ihr bescheidenes Auto aus der Garage und fuhr in den benachbarten Marktflecken, wo sie im einzigen Frisiersalon Stammkundin war. Er hieß Huntley's of Mayfair. Miss Pickering, die Eigentümerin dieses Salons, war Zeit ihres Lebens nicht mal in die Nähe von Mayfair gekommen und hatte den Namen Huntley einfach hinzugefügt, weil sie fand, das klänge mondäner. Hier ließ sich Mrs. Lowyer geduldig von einem verängstigten Lehrling abwechselnd vereisen und verbrühen, dann wurde ihr Haar auf Lockenwickler gedreht und ihre

Kopfhaut mit Plastiknadeln durchbohrt und die Folter durch eine glühendheiße Trockenhaube abgerundet, die sich einfach nicht kälter stellen ließ, soviel sie auch an dem Regler drehte.

Schließlich war das Martyrium überstanden. Hochrot im Gesicht und völlig erschöpft fuhr sie nach Haus. Sie würde sich eine Tasse Tee machen und sich vor dem Fest noch ein paar Stunden hinlegen. Aber kaum hatte sie Lucy begrüßt, da ging die Hintertür auf, und eine Stimme sagte: «Granny?», und da stand Christabel.

«Kindchen», sagte Mrs. Lowyer und gab ihr einen Kuß.

«Machst du gerade Tee? Kann ich welchen abhaben? Donnerwetter, siehst du umwerfend aus. Diesmal hat Miss Pickering sich selbst übertroffen. Ist noch Früchtekuchen da?» Und schon machte sie sich über die Kuchendosen ihrer Großmutter her, fand einen Schokokeks und biß hinein.

Sie aß unentwegt. Kartoffelchips, Schokoladenriegel, Waffeln mit Eis, stopfte sich mit den schlimmsten Sachen voll, doch kein Pikkel verunstaltete diesen Teint wie Milch und Blut, und sie wirkte eher noch schlanker als früher. Heute hatte sie ihre ältesten Klamotten angezogen, einen ausgebeulten Pullover mit Stopfstellen am Ellbogen. Ihr Haar, dieses wunderschöne Haar, dessen Farbton irgendwo zwischen Kastanie und Schokolade spielte, war zu zwei festen Zöpfen geflochten. Sie hatte kein Make-up aufgelegt und sah wie eine schlaksige Fünfzehnjährige aus. Nicht zu glauben, dachte Mrs. Lowyer, daß sie kommenden Samstag heiraten will.

Sie sagte: «Ist Nigel schon da?»

«Na klar doch, der war schon zum Mittagessen da. Ist heute morgen um vier aus London losgefahren. Hat ganz schön auf die Tube gedrückt, was?»

«Warum ist er nicht hier?»

«Ach, er und Pa reden ewig über Taubenschießen und wie viele von Nigels Verwandten zur Hochzeit kommen. Weißt du, wo Sam steckt?»

«Der mäht, glaube ich, immer noch das Gerstenfeld. Hast du ihn nicht gesehen?»

«Nein. Ich bin am Fluß langgegangen. Bei ihm war niemand zu Haus, nicht mal Aggie.»

«Weswegen wolltest du Sam sprechen?»

«Ich wollte mich für mein Hochzeitsgeschenk bedanken.» Sie zog sich einen Stuhl heran und setzte sich an den Tisch, genau dorthin, wo Sam morgens gesessen hatte. «Weißt du, was er mir geschenkt hat? Es ist so süß, und er hat es selbst gemacht.»

«Nein. Was hat er dir denn geschenkt?»

«Einen Spazierstock.»

Das verschlug Mrs. Lowyer fast die Sprache. «Einen Spazierstock?» sagte sie und bemühte sich, daß es nicht zu erstaunt klang.

«Ja, du weißt doch, daß er früher immer Hornknäufe für Spazierstöcke geschnitzt hat. Hat er ewig nicht mehr gemacht, der Ärmste, weil er nie Zeit hat, für mich aber doch, und der Stock hat Blumen und Weizenähren und ist ganz toll poliert und einfach super. Und um den Stock geht ein schmales Silberband mit meinem Namen drauf. Findest du nicht auch, was Schöneres hätte er mir gar nicht schenken können?»

«Ja, Kindchen, wie nett», sagte Mrs. Lowyer. Falls Sam das Geschenk sich ein ganzes Jahr lang überlegt hat, ging es ihr durch den Kopf, so hätte er Christabel kaum etwas Unpassenderes schenken können. Einen Spazierstock für ein junges Mädchen, das heiraten wollte und in einer Wohnung in London leben würde.

«Ich meine, es ist so persönlich. Nicht weil mein Name draufsteht, sondern weil er ihn eigenhändig für mich gemacht hat.»

«Ich muß schon sagen, ein wirklich ausgefallenes Geschenk.»

«Hoffentlich kommt er heute abend. Im

Dunkeln kann er doch nicht mehr mähen, und andere Ausflüchte fallen ihm sicher nicht ein.»

«Natürlich kommt er. Er hat heute morgen eine Tasse Tee mit mir getrunken und gesagt, daß er kommt.»

«Nicht zu fassen, was Mutter alles auffahren läßt. Der Tisch im Speisezimmer ist ganz ausgezogen und an die Wand gerückt, und sie hat die besten weißen Tischtücher rausgeholt, das reinste Festessen, einfach unglaublich.»

Mrs. Lowyer lächelte. «Sie ist in ihrem Element», sagte sie.

Sie fand die Kuchendose mit dem Früchtekuchen, legte den Kuchen auf einen Teller und stellte Christabel den Teller hin. Sie schenkte Christabel den Tee in ihren persönlichen Becher ein, den blau-weiß gestreiften, den sie seit Kindertagen benutzte, wenn sie zum Tee kam.

«Und wir haben eine Disco. Darum ging's auch noch bei Pa und Nigel – Nigel soll das alte Spielzimmer oben auf Vordermann bringen.»

«Ich weiß nicht recht, was man in einer Disco tut.»

«Ach, man windet und schlängelt sich, so wie sie's in der Glotze machen.»

«Könnte ich nicht einfach dabeisitzen und zusehen?»

«Mensch, Granny, sei doch nicht so altmodisch. Einfach mitmachen, Mann.» Sie hob die Schultern, warf die Zöpfe nach hinten, reckte das Kinn und blickte gleichmütig.

«Und so was soll ich tun?»

«Weißt du was», sagte Christabel und fiel über den Kuchen her. «Ich sorge dafür, daß sie Wiener Walzer spielen, dazu kannst du dann nach Herzenslust mit Colonel Foxton rumwirbeln.»

«Also wirklich, Christabel...»

«Ist doch klar, daß er bis über beide Ohren in dich verknallt ist. Ich weiß gar nicht, wieso du ihn nicht heiratest.»

«Was, ich und in seinem Eiskeller zwischen lauter Pechkiefer und Buntglasfenstern leben?»

«Er könnte doch bei dir einziehen.»

«Dazu reicht der Platz nicht.»

«Du bist wirklich nicht nett zu Colonel Foxton», sagte Christabel. Seit der alte Herr sie einmal zum Tee eingeladen und ihr einen ganzen Nachmittag lang Fotos aus seiner Zeit als junger Subalternoffizier in Indien gezeigt hatte, zog sie ihre Großmutter mit Colonel Foxton auf. «Schließlich hat er genau das richtige Alter für dich.»

«Nein, hat er nicht. Wenn ich jemand heiraten wollte, der genau das richtige Alter für mich hätte, müßte er über hundert sein.»

«Wie rechnest du denn das aus?»

«Damit ein Paar richtig zusammenpaßt, muß das Mädchen halb so alt wie er sein plus sieben Jahre. Wenn also der Mann zwanzig ist, muß er eine Siebzehnjährige heiraten. Und wenn das Mädchen siebenundsechzig ist, müßte sie einen Mann von... hmm...», Rechnen war noch nie Mrs. Lowyers starke Seite gewesen, «von hundertzwanzig heiraten.»

Christabel sah sie mit großen Augen an. Nach einem Weilchen sagte sie: «Aber ich bin zwanzig, und Nigel ist erst dreiundzwanzig. Es stimmt also nicht. Demnach müßte ich einen Sechsundzwanzigjährigen heiraten.»

«Dann solltest du dich lieber beeilen, du hast nämlich nur noch eine Woche Zeit, um ihn aufzutreiben.»

«Findest du wirklich, daß dreiundzwanzig zu jung für mich ist?»

«Nein, ich finde, das zählt gar nicht. Ist doch nur ein alberner Witz. Es ist einerlei, wie alt Mann und Frau sind, Hauptsache, sie mögen sich wirklich und wollen den Rest ihres Lebens zusammen verbringen.»

«Du hast nichts von Liebe gesagt.»

«Kindchen, über Liebe rede ich nachmittags nie. Und jetzt iß deinen Kuchen auf und trink deinen Tee, ich gehe nämlich nach oben und lege mich vor der Party noch ein wenig hin. Wann, meinst du, sollte ich kommen?»

«Ach, so gegen acht. Soll dich jemand abholen?»

«Natürlich nicht. Es wird sicher ein wunderschöner, herrlicher Abend. Ich gehe durchs Feld. Von da kann ich das ganze festlich erleuchtete Haus sehen und mich dran freuen. Ein Haus, in dem zur Feier des Tages alle Lichter brennen, hat etwas sehr Romantisches. Vor allem dann, wenn man aus solch fröhlichem Anlaß feiert.»

«Ja», sagte Christabel. Das hörte sich etwas unsicher an. «Ja, das dürfte romantisch sein.»

Genau fünf vor acht verabschiedete sich Mrs. Lowyer von Lucy. Sie trug ihr bestes, strahlendblaues langes Samtkleid und hatte sich einen Kaschmirschal umgelegt. Sie knipste das Licht aus und schlug den Gartenweg und dann den Feldweg ein, der zu ihrem früheren Haus führte. Ein Halbmond schwebte hoch am Himmel, und über ihrem Kopf hatten die uralten Buchen ihre Äste ineinander verflochten und wirkten wie die schwankenden Stützpfeiler einer großen Kathedrale. Vor ihr strahlten in der Dämmerung die erleuchteten Fenster, und die Luft roch nach welkenden Blättern und Moos, und sie konnte schon die Musik hören.

Autos rollten an, parkten auf dem Kies vor dem Haus, und als Mrs. Lowyer die Steinstufen zu der offenen Tür hochstieg, stießen noch andere Gäste dazu, Frauen, die ihre langen Röcke rafften, Männer im Smoking oder im Dinner-Jackett.

«Ach, Mrs. Lowyer, nett, Sie zu sehen. Sieht das Haus nicht hübsch aus, wenn man von der Straße und durch die Allee kommt...? Wie schafft es Felicity nur, daß selbst das Wetter mitspielt? Auf ihren Parties regnet es anscheinend nie.»

«Hoffentlich hält ihr Glück bis kommenden Samstag vor.»

Die Diele war voller Gäste. Mrs. Lowyer gab ihrem Sohn und ihrer hübschen Schwiegertochter einen Kuß und ging dann nach oben, wo sie ihren Schal abnahm. Sie legte ihn auf Felicitys Bett und ging dann zur Frisierkommode und überprüfte ihre Frisur, die immer noch von Miss Pickerings geschickter Hand zeugte. Aus dem antiken dreigeteilten Spiegel schaute sie ihr Spiegelbild an. Der

Spiegel hatte schon immer auf der Frisierkommode gestanden – Mrs. Lowyer hatte ihn wiederum von ihrer Schwiegermutter geerbt. Sie erinnerte sich an ihr früheres Spiegelbild, schlank und rank und mit Bubikopf. Jetzt sah sie unter dem sorgfältigen Make-up die Altersfältchen, sah den runzligen Hals, das silberne Haar. Die Hände, welche die Frisur richteten, waren die Hände einer alten Frau. ‹Ich bin Großmutter›, sagte sie sich. ‹In einem Jahr oder so kann ich schon Urgroßmutter sein.› Der Gedanke schreckte sie nicht. Wenn sie etwas gelernt hatte, dann dies, daß jedes Alter seinen Lohn in sich birgt.

«Sich im Spiegel zu beschauen kann den Affen nur erbauen!»

Mrs. Lowyer drehte sich um, und da stand Christabel hinter ihr. Sie sah ihre Großmutter lachend an, und ihre Augen funkelten belustigt.

«Ach, ich habe doch nur gedacht, wie gut, daß ich nicht mehr jung bin, daß ich nicht mehr Angst haben muß, ein Mauerblümchen zu sein. Daß ich nicht mehr Angst haben muß, wenn mein Mann mit einer anderen hübschen Frau tanzt.»

«Wetten, daß du solche Ängste nie hast ausstehen müssen. Und heute siehst du super aus.»

«Und du, Kindchen, du siehst auch wunderschön aus. Ist das ein neues Kleid?»

«Ja.» Christabel richtete sich auf und drehte sich, um ihren Staat vorzuführen. Das Kleid war weiß und aus vielen Bahnen von weichfließendem Batist. Es hatte einen tiefen Ausschnitt, und ihr Haar, jetzt nicht mehr zu Zöpfen geflochten, war zu einer romantischen Frisur hochgesteckt und gebauscht. Ihre Augen glänzten und funkelten.

«Woher hast du das?»

«Aus London. Mutter hat es gesehen, als wir für die Aussteuer einkauften, und hat gesagt, ich müßte es einfach haben. Eigentlich gehört es in die Aussteuer, aber ich wollte es heute abend so gern anziehen.»

Mrs. Lowyer gab ihr einen Kuß. «Es ist entzückend, und du siehst wunderschön aus.»

Auf dem Flur, vor der Tür, sagte eine Stimme: «Christabel!» Christabel öffnete die Tür, und da stand Nigel und wirkte verlegen und etwas ungehalten zugleich.

«Was willst du?» fragte Christabel. «Lungerst du etwa vor der Damentoilette herum? Du holst dir noch einen ganz schlechten Ruf.»

Er lächelte, schien jedoch den Witz nicht besonders gut zu finden. «Ich hab dich überall gesucht. Deine Mutter wartet auf dich. Ich soll dich holen.»

«Granny und ich haben eine Anbetungsandacht auf Gegenseitigkeit abgehalten.»

«Hallo, Mrs. Lowyer.»

«Nigel. Nett, dich wiederzusehen.» Sie trat durch die offene Tür und gab ihm ein Küßchen auf die Wange. Mit seinem dunklen Haar und dem guten Anzug sah er nicht so weltmännisch aus, wie er eigentlich sollte, sondern eher wie ein Junge, der sich für eine Party verkleidet hat. «Es tut mir leid, daß Christabel und ich euch haben warten lassen. Wir gehen jetzt wohl lieber nach unten zu den anderen.»

Der Abend war bereits halb herum, die meisten Gäste hatten gegessen, und die Jüngeren hatten sich in die Disco verzogen, da tauchte Sam Crichtan auf. Mrs. Lowyer, die Colonel Foxton in einer Ecke beim Kamin in die Falle gegangen war, sah ihn durch die Terrassentür hereinkommen, die man wegen der frischen Luft offengelassen hatte, und sie war erleichtert, daß er Wort hielt.

Es war lange her, daß sie ihn im Abendanzug gesehen hatte, aber sie stellte zu ihrer heimlichen Befriedigung fest, daß sein dunkler, guter Anzug ihm stand. Mit seinem mageren braunen Gesicht und seinem adrett gekämmten Haar konnte er sich nicht nur gut sehen lassen, nein, er wirkte richtig distinguiert.

«...wirklich komisch», tönte Colonel Foxton. «Schon verdammt komisch, wie manche Leute zu ihrer Baugenehmigung kommen. Da wollte ich das Häuschen meines Gärtners renovieren und durfte nicht mal ein Fenster ins Dach setzen. Komisch...»

«Bitte, entschuldigen Sie mich.» Anmutig und liebenswürdig stand Mrs. Lowyer auf. «Ich muß Sam dringend etwas ausrichten, und das, bevor ich ihn aus den Augen verliere.»

«Was? Oh, ja. Entschuldigung, meine liebe Mrs. Lowyer. Habe gar nicht gemerkt, daß ich ins Faseln geraten bin.»

«War nett, was Sie mir über das Häuschen Ihres Gärtners erzählt haben. Den Rest der Geschichte höre ich dann ein andermal, ja?»

Sie ging quer durchs Zimmer. «Sam.»

«Mrs. Lowyer.»

«Schön, daß du gekommen bist. Hast du schon gegessen?»

«Nein. Ich hatte wirklich keine Zeit dazu.»

«Das dachte ich mir. Dann kommst du auf der Stelle mit, aber vor allem brauchst du etwas zu trinken und dann ein bißchen kalten Lachs und kaltes Roastbeef, beides einfach himmlisch.»

Sie zog ihn durchs Speisezimmer und holte ihm ein Glas Whisky und einen Teller, den sie mit Essen vollhäufte.

«Hast du Christabel gesehen?»

«Ich bin gerade erst gekommen.»

«Und heute nachmittag auch nicht?»

«Nein.»

«Sie hat dich gesucht. Wollte dir für den Spazierstock danken.»

«Sie halten das wohl für ein ziemlich blödes Geschenk.»

«Ja», sagte Mrs. Lowyer, die nie um den heißen Brei herumredete. «Aber ein wirklich ausgefallenes Geschenk. Christabel war nicht nur entzückt, sie war gerührt. Wie wäre es mit einer gebackenen Kartoffel und Butter? Oder sogar zwei?»

«Haben Sie's ihr erzählt? Worüber wir uns heute morgen unterhalten haben?»

«Natürlich nicht. Ein Brötchen?»

«Ich möchte nicht, daß sie es weiß.»

«Nein», sagte Mrs. Lowyer. «Natürlich nicht.» Quer durch das Zimmer konnte sie durch die offene Tür Christabel und Nigel sehen. Nigel hatte ihr den Arm um die Schulter gelegt, und ihr auffallendes Haar schimmerte im Kerzenschein. «Nigel ist ein sehr netter junger Mann. Sie hat wirklich Glück.»

Sam blickte auf, sah, daß sie über seine Schulter schaute, und drehte sich um. Nigel neigte den Kopf und küßte Christabel aufs Haar. Jemand sagte etwas, und alles lachte. Einen Augenblick schwieg Sam, dann drehte er sich wieder um. Er sagte: «Und noch von der Mayonnaise, bitte. Felicitys Mayonnaisen esse ich für mein Leben gern.»

Als Mrs. Lowyer später zusammen mit ihrem Sohn die Disco inspizierte, sah sie Christabel mit Sam tanzen. Alle anderen auf der Tanzfläche schienen für sich zu tanzen, drehten und wanden sich zu der stampfenden Musik, sahen im kreiselnden, aufblitzenden Licht grotesk aus. Nur Christabel und Sam wirkten wie ein Paar. Sie bewegten sich zusammen, tanzten in Tanzhaltung, und Christabels Kopf lag auf Sams Schulter.

Mrs. Lowyer hoffte, daß ihr Sohn sie nicht bemerkt hatte. Sie legte ihm die Hand auf den Arm und sagte: «Der Lärm ist ohrenbetäubend. Ich möchte lieber ins Wohnzimmer zurück», und zuvorkommend brachte er sie nach unten. An der Tür jedoch warf Mrs. Lowyer noch einen Blick zurück. Und sofort war ihr klar, daß Sam und Christabel genau diesen Augenblick genutzt hatten, um spurlos zu verschwinden.

Danach ging sie nach Haus. Verabschiedete sich auf französisch, sagte niemandem gute Nacht. In ihren warmen, kuscheligen Schal gehüllt, ging sie nach Haus. Die Musik, das Gesumm der Unterhaltung verklangen hinter ihr, verloren sich in der Stille einer ländlichen Nacht. September. Ihr Lieblingsmonat.

‹Sie macht einen furchtbaren Fehler. Sie heiratet den Falschen.›

Da lag ihr Haus dunkel und klein und ruhig, ein Hort des Friedens. Sie hob Lucy aus ihrem Korb, setzte sie in den Garten, machte sich eine Tasse Milch, ließ Lucy wieder rein, trug die Milch nach oben, zog sich langsam aus und ging zu Bett. Durch das offene Fenster sah sie den Halbmond am Himmel versinken. Die Welt da draußen war voller leiser nächtlicher Geräusche. Sie hätte gern geschlafen.

Es war vier Uhr morgens, als die Kiesel wie Regen gegen ihre Fensterscheibe prasselten. Anfangs dachte sie, sie träume, aber dann ging es von vorn los. Und dann: «Granny!»

Sie stieg aus dem Bett, griff sich ihren Morgenmantel, zog ihn über und band den Gürtel zu. Sie ging zum Fenster, das wie üblich nicht zugezogen war. Unten im Garten sah sie einen verschwommenen weißen Fleck. Ein weißes Gespenst, eine Geistererscheinung.

«Granny?»

«Christabel, was tust du da?»

«Ich möchte mit dir reden.»

Sie ging nach unten und knipste Licht an. Sie machte die Haustür auf, und Christabel trat ein, sie zitterte vor Kälte, und ihr weißes Kleid war am Saum schmutzig.

«Was ist mit der Party?»

«Die ist fast zu Ende. Ich wollte mit dir reden. Alle denken, ich bin zu Bett gegangen.»

«Wo ist Nigel?»

«Der ißt zum zweitenmal zu Abend.»

«Und Sam?»

«Ist nach Hause gegangen.»

Schweigend blickte Mrs. Lowyer ihrer Enkeltochter in die Augen. Sie glänzten von nicht geweinten Tränen. «Komm nach oben», sagte sie.

Sie gingen in ihr Zimmer, in ihr hübsches, duftendes Schlafzimmer. Mrs. Lowyer legte sich ins Bett, und Christabel schlüpfte neben sie unter die Daunendecke. Mrs. Lowyer spürte, wie kalt Christabels Arme waren, spürte ihren knochigen, jungen Brustkasten, Christabels Herzschlag.

Christabel sagte: «Ich hab Angst.»

«Wovor?»

«Vor allem. Vor dem Heiraten. Daß ich in der Falle sitze. Daß mir alle Türen zugeschlagen sind.»

«So ist Heiraten», sagte Mrs. Lowyer. «Man sitzt in der Falle. Hauptsache, man sitzt mit dem richtigen Menschen in der Falle.»

«Ach, Granny, warum kann das nicht alles leichter sein?»

«Was ist schon leicht?» sagte Mrs. Lowyer. Ihre Hand tastete nach Christabels Schulter. «Geboren werden ist nicht leicht. Erwachsen werden ist nicht leicht. Heiraten ist nicht leicht. Kinder kriegen kann einen umbringen. Alt werden ist genauso schlimm.»

«Ich glaube... ich glaube, ich möchte Nigel nicht heiraten.»

«Warum nicht?»

«Ich weiß nicht.»

«Liebst du ihn denn nicht?»

«Anfangs schon. Schrecklich. Ich hab ihn schrecklich liebgehabt. Aber ... ich weiß nicht. Ich möchte nicht in London leben. Mir gefällt es nicht in einer Etagenwohnung. Es kommt mir vor, als müßte ich in einer Sardinenbüchse wohnen. Und... da ist noch was.

Ich mag seine Freunde einfach nicht. Ich hab das Gefühl, uns verbindet gar nichts. Ist das wichtig? Ist das sehr wichtig?»

«Ja», sagte Mrs. Lowyer. «Ja, das ist es wohl.»

«Das nennt man wohl Heiratsbammel, ja?»

«Manchmal schon.»

«Bei mir auch?»

Mrs. Lowyer antwortete mit einer anderen Frage. «Wohin bist du mit Sam gegangen?»

«In den Garten. Wir sind einfach rausgegangen und haben uns auf die Bank unter der Buche gesetzt. Alles ganz harmlos.»

«Und dann hast du gute Nacht gesagt, und er ist nach Haus gegangen?»

«Ja.»

«Er liebt dich. Das weißt du, nicht wahr?»

«Ich hatte so gehofft, er würde es sagen. Aber kein Mucks.»

«Er denkt, er hat dir nichts zu bieten. Er ist sehr stolz.»

«Wieso hat er mir das nicht gesagt?»

«Ach, Christabel, streng doch deine Phantasie an.»

«Mir würde es nichts ausmachen, wenn wir arm wären. Mir würde es nichts ausmachen, wenn ich ihm auf dem Hof helfen müßte. Mir würde es nichts ausmachen, wenn ich in seinem kleinen, kalten Haus wohnen müßte; ich weiß, ich kann es hell und gemütlich machen. Nichts würde mir etwas ausmachen, wenn ich nur mit Sam zusammensein könnte.»

«Davon mußt du ihn erst überzeugen.»

«Aber, Granny, die Hochzeit. Das Zelt und die Vorbereitungen und die Geschenke und die Einladungen. Das kostet alles ein Heidengeld, und...»

«Und läßt sich alles aufschieben», sagte Mrs. Lowyer. «Wenn deine Mutter und dein Vater eins nicht wollen, dann, daß du einen Mann heiratest, den du nicht wirklich liebst. Wenn du Sam willst, dann mußt du zu ihm gehen und es ihm sagen. Du mußt ihm sagen, was du mir erzählt hast – daß es dir nichts ausmacht, wenn du arm bist und hart arbeiten mußt und in seinem komischen kleinen Bauernhaus leben mußt. Du mußt ihm sagen, daß er für dich der Mann fürs Leben ist und daß du keinen anderen richtig geliebt hast.»

«Du hast immer Bescheid gewußt, ja?»

«Ja.»

«Woher?»

«Ich bin alt, ich habe Erfahrung. So was ist schon öfter vorgekommen.»

«Wann soll ich es ihm sagen?»

«Gleich. Geh gleich zu ihm. Du kannst

mein Auto haben, sonst bekommst du noch nasse Füße. Und ich borge dir auch meine Jacke, damit du nicht frierst. Und wenn er schon schläft, weck ihn, hol ihn aus dem Bett. Aber sag's ihm. Sei ehrlich ihm gegenüber, und was noch viel wichtiger ist, sei ehrlich dir gegenüber.»

«Aber Mutter und Pa... ich trau mich einfach nicht, ihnen das zu erzählen. Ich bin so dumm gewesen...»

«Ich sage es ihnen.»

«Und Nigel...?»

«Nigel sage ich es auch. Er ist jung. Es wird ihn schwer treffen, aber er wird's überleben. Nichts wäre schlimmer für ihn als eine lauwarme Ehe.» Sie küßte ihre Enkeltochter, und ihr Herz floß über vor Mitgefühl und Liebe. «Und jetzt geh, Kindchen, und viel Glück. Und, Christabel...»

«Ja, Granny?»

«Alles Liebe auch für Sam.»

Sie hörte, wie Christabel ging. Hörte, wie sie das kleine Auto aus der Garage holte und den ausgefahrenen Feldweg entlangfuhr, der zu Sam Crichtans Haus führte. Inzwischen war es fünf Uhr. ‹Was für ein Einfall›, sagte sich Mrs. Lowyer. ‹Du liebe Zeit, was habe ich angerichtet?›

Aber sie hatte überhaupt kein schlechtes Gewissen. Die Angst, die ihr auf der Seele gelegen und die sie immer wieder verdrängt hatte, die war wie weggeblasen. Sie hatte immer von Sam und Christabel gewußt. Sie hatte sich eingeredet, daß Christabels Schicksal sie nichts anginge. Aber nun war ihr Schicksal in ihre Hände gelegt worden, und an ihrem Entschluß war nichts mehr zu rütteln. Ob richtig oder falsch, es gab kein Zurück.

So lag sie schlaflos, bis es hellichter Tag war. Um halb neun erwachte sie aus leichtem Schlummer, stand auf, zog ihren Morgenmantel an und machte das Fenster zu. Das Gerstenfeld lag gemäht und golden unter einem wasserblauen Himmel. Sie wußte, daß Sam und Christabel füreinander bestimmt waren. Sie dachte an Paul und Felicity und Nigel. Sie zog sich an und ging nach unten, sagte Lucy guten Morgen und schickte sie in den Garten, machte sich Frühstück, trank ihren Kaffee. Dann zog sie den Mantel an, nahm Lucy mit und verließ das Haus. Ein lieblicher, feuchter Morgen. Mrs. Lowyer schlug den Gartenweg ein, ging durch die Pforte und mit ihrem kleinen Hund auf den Fersen schlanken Schrittes den Feldweg entlang, der zum großen Haus führte.

Das rote Kleid

Einen Monat nachdem man Dr. Haliday zu Grabe getragen hatte, kam Mr. Jenkins, der Gärtner, zu Abigail und kündigte mit betrübter Miene und unter reichlichem Gekratze am Kopf.

Abigail hatte das seit einiger Zeit kommen sehen. Mr. Jenkins war hoch in den Siebzigern. Er hatte ihrem Vater fast vierzig Jahre den Garten gemacht. Doch was half das schon gegen ihren Schreck.

Sie dachte an den wunderschönen Garten, den jetzt niemand mehr pflegen würde. Sie hatte Schreckensvisionen, wie sie ganz allein den Rasen mähen, Kartoffeln roden, Blumenbeete jäten mußte. Sie sah sich, wie ihr das Ganze über den Kopf wuchs, wie der Garten verwilderte. Sie sah, wie sich Nesseln, Dornen und Kreuzkraut breitmachten, alles überwucherten. Panik erfaßte sie, und sie dachte: ‹Lieber Gott, was soll ich ohne ihn bloß machen?›

Doch laut sagte sie: «Mr. Jenkins, was soll ich ohne Sie anfangen?»

«Tja», sagte Mr. Jenkins nach einer nachdenklichen Pause, «vielleicht suchen Sie sich jemand anders.»

«Es wird mir wohl nichts anderes übrigbleiben.» Sie war besiegt, sie hatte nichts bewirkt. «Aber Sie wissen doch, wie schwer man jemand für Gelegenheitsarbeiten findet. Es sei denn...» Aber da erhoffte sie sich gewiß zuviel. «Es sei denn, Sie wissen jemand?»

Mr. Jenkins schüttelte den Kopf von einer Seite zur anderen wie ein altes Pferd, dem die Fliegen zusetzen. «Das ist schwierig», gab er zu, «und gern verlasse ich Sie nicht. Aber irgendwie fehlt mir ohne den Doktor die Lust weiterzumachen. Wir haben ihn zusammen gemacht, er und ich. Und es wird mir auch einfach zuviel, und bei feuchtem Wetter merke ich mein Rheuma. Und was meine Frau betrifft, die ist schon das ganze letzte Jahr hinter mir her, daß ich kündigen soll, aber ich mochte den Doktor nicht im Stich lassen...»

Ihm war dabei sichtlich unwohl zumute. Abigails weiches Herz schmolz wie Wachs. Sie streckte die Hand aus und legte sie ihm auf den Arm. «Natürlich müssen Sie sich zur Ruhe setzen. Sie haben Ihr Leben lang gearbeitet. Es wird Zeit, daß Sie etwas langsamer treten. Aber... Sie werden mir fehlen. Nicht nur im Garten. Sie sind uns so lange ein Freund gewesen...»

Mr. Jenkins brummelte verlegen vor sich hin und verzog sich. Einen Monat später ging er dann zum letztenmal, schwankte den Weg auf seinem uralten Fahrrad entlang. Es war das Ende einer Ära. Und was schlimmer war, Abigail hatte immer noch keinen Ersatz gefunden.

«Ich mache einen Aushang im Fenster vom Postamt», hatte Mrs. Midgeley vorgeschlagen, und dann hatte sie zusammen mit Abigail die Notiz auf dem Kärtchen aufgesetzt. Alles, was sich danach tat, war ein Junge mit schlauen Augen auf einem Moped, der so unzuverlässig wirkte, daß Abigail ihn nicht mal in die Küche ließ. Vor lauter Angst mochte sie ihm nicht sagen, daß ihr sein Aussehen mißfiel, und so log sie und sagte, sie hätte schon jemanden gefunden. Und da war er richtiggehend unangenehm geworden und hatte aus seinem Herzen keine Mördergrube gemacht, ehe er in einer stinkenden Wolke aus dem Auspuffrohr abbrauste.

«Warum fragst du nicht bei einer Großgärtnerei?» hatte Yvonne gesagt. Yvonne war Abigails Freundin und mit Maurice verheiratet, der jeden Tag in die City pendelte.

Yvonne kümmerte sich lieber um Pferde als um den Garten. Sie verbrachte ihr Leben als Chauffeuse ihrer Kinder und deren Ponies, mit Hin- und Rückkutschieren zu Gymkhanas und Jagdtreffen, und wenn sie nicht unterwegs war, mistete sie aus oder stemmte Heuballen, säuberte Zaumzeug, striegelte, flocht Mähnen oder rief den Tierarzt an. «Maurice hatte diese nachlässigen Typen, die nie kommen, so satt, daß er einen Vertrag mit einem Gärtner gemacht hat, und jetzt kommt einmal die Woche eine ganze Mannschaft, und wir jäten auch nicht das kleinste Unkraut mehr.»

Aber Yvonnes Garten bestand schlicht aus Rasen, spärlicher Buchenhecke und ein paar Narzissen. Er sah nie anders als kahl aus und hatte keinerlei Ähnlichkeit mit dem herrlichen Garten, der zum Schönsten gehörte, was der alte Dr. Haliday seiner Tochter Abigail vermacht hatte. Sie wollte nicht, daß einmal die Woche eine stämmige Mannschaft ohne Gefühl husch-husch darüberging. Sie wollte jemanden, der nicht nur im Garten arbeitete, sondern ihn auch liebte.

«Es wäre gut», sagte Mrs. Brewer, die zweimal morgens die Woche für Abigail putzte, «es wäre gut, wenn Sie ein Häuschen anzubieten hätten. Man kriegt leichter Hilfe, wenn man zum Job auch ein Haus anbieten kann.»

«Aber ich habe kein Häuschen. Und auch keinen Platz, eins zu bauen. Und selbst wenn ich ihn hätte, ich könnte es mir nicht leisten.»

«Macht schon einen Unterschied, wenn man ein nettes Häuschen anzubieten hat», sagte Mrs. Brewer noch einmal. Und das tat sie in Abständen den ganzen Morgen über, doch das machte die Sache auch nicht besser.

Sechs Wochen lang schuftete Abigail ganz allein. Das Wetter war schön, und das verschlimmerte nur noch ihre Lage, denn es bedeutete, daß sich Abigail draußen abmühte, bis sie keine Hand mehr vor Augen sehen konnte. Trotzdem verkam der Garten nach und nach, denn alles wucherte wie wild. Sternmiere und Quecken schlichen sich vom angrenzenden Wald ein. Auf einmal lagen da tote Blätter, waren wie von ungefähr unter die Lavendelhecke geraten und hinter der Sonnenuhr zu trübseligen Haufen zusammengeweht. Der Gemüsegarten, den Mr. Jenkins noch umgegraben hatte, lag dunkel und vorwurfsvoll da, wartete darauf, gedrillt zu werden, wozu sie aber nie Zeit fand, wartete auf die Saat, die sie aus Zeitgründen nicht aussäen konnte.

«Vielleicht», sagte sie zu Mrs. Brewer, «sollte ich das Gemüse einfach sein lassen. Vielleicht sollte ich einfach überall Gras säen.»

«Das wäre jammerschade», sagte Mrs. Brewer streng. «Allein das Spargelbeet hat Jahre gebraucht. Und wissen Sie nicht mehr, was für Pastinaken uns Mr. Jenkins immer angebracht hat. Das langt ja für 'ne ganze Mahlzeit, hab ich immer gesagt, ja, das hab ich immer gesagt. Langt für 'ne ganze Mahlzeit.»

Eine Bö, und eine der Pforten schlug auf, und schon war die Türangel entzwei. Die Klematis Montana mußte beschnitten werden, aber Abigail hatte Angst vor Leitern. Sie wußte, sie mußte Torf für die Azaleen bestellen. Und ob der Motormäher wohl in der Werkstatt gewesen war?

Im Dorf traf sie Yvonne. Yvonne sagte: «Langsam siehst du fix und fertig aus, Mädchen. Sag bloß, du versuchst, allein mit dem Garten zurande zu kommen?»

«Was soll ich denn sonst tun?»

«Das Leben ist zu kurz, um sich wegen eines Gartens umzubringen. Sieh den Tatsachen ins Auge. So was wie deinen Vater und Mr. Jenkins gibt es nicht noch mal. Du mußt es dir einfacher machen. Mußt auch mal dein eigenes Leben leben.»

«Ja», sagte Abigail. Sie wußte, daß es stimmte. Sie ging mit ihrem Korb voller Lebensmittel nach Haus und versuchte, sich zu einem Entschluß durchzuringen. Sie dachte: ‹Ich bin vierzig›, und darüber erschrak sie wie üblich. Was war aus ihren Jugendträumen geworden? Fort, hatten sich zusammen mit den Jahren verflüchtigt. Jahre, die sie in London gearbeitet hatte, dann war sie nach Brookleigh zurückgekehrt, um sich nach dem Tod der Mutter um ihren Vater zu kümmern. Und weil sie damit nicht ganz ausgelastet war, hatte sie in der Bücherei am Ort eine Stelle angenommen, doch vor sechs Monaten, als der Doktor einen leichten Schlaganfall gehabt hatte, da hatte sie auch die aufgegeben und ihre ganze Zeit und Energie darauf verwandt, den betriebsamen und bockigen alten Mann im Auge zu behalten.

Und der war nun tot, und Abigail war vierzig. Wie ging man mit vierzig Jahren um? Hörte man auf, Jeans zu tragen, hübsche Kleider zu kaufen, die Sonne zu genießen? Wurde man eine Karrierefrau, oder vegetierte man nur noch dahin, schleppte sich ohne ersichtliche Mühe von einem Tag zum anderen, bis man fünfzig und dann sechzig war? Sie dachte: ‹Ich komme mir nicht wie vierzig vor.› Da war man beinahe schon eine

Matrone, und manchmal fühlte sich Abigail, als wäre sie immer noch achtzehn.

Mit diesen wirren Überlegungen brachte sie den ganzen Heimweg zu. Als sie um die Ecke der Ligusterhecke bog, sah sie das Fahrrad. Es war ein blaues Rad, sehr klapprig und alt und mit einem höchst unbequem aussehenden Sattel. Ein unbekanntes Rad. Wessen?

Niemand war zu sehen. Aber als Abigail zur Hintertür kam, da bog jemand aus dem Vorgarten um die Ecke und sagte: «Guten Morgen», und dieser Jemand sah so erstaunlich aus, daß Abigail einen Augenblick mit offenem Mund dastand. Er hatte eine wilde Mähne und einen zotteligen braunen Bart. Auf seinem Schopf thronte eine Strickmütze mit Troddel. Unter dem Bart kam ein ausgebeulter Pullover, der ihm fast bis auf die Knie reichte. Dann fleckige Cordhosen und altmodische Schnürstiefel.

Er kam näher. «Das ist mein Fahrrad da.» Sie sah, daß er noch ziemlich jung war; seine Augen in dem Haarwust waren erstaunlich blau.

«Ach ja», sagte Abigail.

«Ich hab gehört, Sie brauchen einen Gärtner.»

Abigail versuchte Zeit zu gewinnen. «Wer hat Ihnen das gesagt?»

«Meine Frau war auf der Post, und da hat's ihr die Postbeamtin erzählt.» Sie musterten sich. Er sagte schlicht: «Ich brauche Arbeit.»

«Sie sind neu hier, ja?»

«Ja. Wir stammen aus Yorkshire.»

«Wie lange sind Sie schon in Brookleigh?»

«Ungefähr zwei Monate. Wir leben im Haus am Steinbruch.»

«Im Haus am Steinbruch...» Abigail klang betroffen. «Ich dachte, das ist abbruchreif.»

Der Mann grinste. Weiße Zähne, gerade und glänzend, blitzten durch das Bartgestrüpp. «Ist es auch. Aber wenigstens haben wir ein Dach über dem Kopf.»

«Was hat Sie nach Brookleigh geführt?»

«Ich bin Künstler.» Er lehnte jetzt anmutig und mit den Händen in den Hosentaschen an der Fensterbank vom Küchenfenster. «Die letzten fünf Jahre habe ich an einer Oberschule in Leeds Kunst unterrichtet, aber ich finde, wenn ich das jetzt nicht aufgebe und versuche, etwas mit meiner Malerei zu werden, dann nie. Das hab ich mit Poppy – meiner Frau – besprochen, und wir finden, es ist den Versuch wert. Nach hier bin ich gekommen, weil London in der Nähe ist. Aber ich hab Kinder, und die wollen essen, und darum brauche ich einen Teilzeitjob.»

Seine leuchtendblauen Augen, seine ungewöhnliche Kleidung und seine gesetzte Art hatten etwas sehr Entwaffnendes. Nach einem Weilchen sagte Abigail: «Verstehen Sie etwas von Gartenarbeit?»

«Ja. Ich bin ein guter Gärtner. Als ich klein war, hatte mein Vater einen Schrebergarten. In dem hab ich immer mit ihm zusammengearbeitet.»

«Hier muß eine Menge getan werden.»

«Ich weiß», sagte er gelassen. «Hab mich schon umgesehen. Es wird Zeit, daß das Gemüse in den Boden kommt, und die Kletterrose vorn am Haus muß zurückgeschnitten werden...»

«Ich meine, es ist wirklich ein großer Garten. Viel Arbeit.»

«Aber er ist schön. Ein Jammer, wenn man den verkommen ließe.»

«Ja», sagte Abigail, denn sie hatte ihn bereits ins Herz geschlossen.

Noch eine kleine Pause, in der sie sich gegenseitig musterten. Er fragte: «Hab ich nun den Job?»

«Wieviel Zeit können Sie für mich erübrigen?»

«Ich könnte drei Tage die Woche kommen.»

«Drei Tage sind nicht viel in einem Garten dieser Größe.»

Er lächelte schon wieder. «Ich brauche Zeit zum Malen», sagte er höflich, aber bestimmt. «Und in drei Tagen kann ich eine Menge Arbeit schaffen.»

Abigail zögerte noch einen Augenblick. Dann entschloß sie sich impulsiv. «Gut. Abgemacht. Sie können Montag anfangen.»

«Acht Uhr. Ich bin zur Stelle.» Er schnappte sich sein Fahrrad und schwang ein Bein über den gräßlichen Sattel.

«Ich weiß nicht mal Ihren Namen», sagte Abigail.

«Tammy», sagte er. «Tammy Hoadey», und schon trat er in die Pedale und fuhr die Einfahrt entlang, daß die Troddel an seiner Mütze hinter ihm herflatterte.

Als sich die Neuigkeit im Dorf herumsprach, gab es besorgte Gesichter. Tammy Hoadey war kein Einheimischer. Er kam von ‹oben aus dem Norden›, niemand wußte etwas über ihn. Er hatte sich in dem baufälligen Häuschen beim alten Steinbruch eingenistet. Seine Frau sah aus wie eine Zigeunerin. Wußte Abigail eigentlich, was sie tat?

Abigail versicherte dem Dorf, sie wüßte es genau.

Mrs. Brewer war noch entsetzter als alle zusammen. «Gar kein bißchen wie der alte Mr. Jenkins. Der Schreck fährt mir in die Knochen, wenn ich ihn mit dem Bart da arbeiten sehe. Und gestern hat er seinen Lunch neben der Sonnenuhr gegessen. Saß da seelenruhig in der Sonne und verputzte sein Sandwich.»

Dieser Bruch der Etikette war Abigail auch schon aufgefallen, aber sie hatte nichts dazu gesagt. Nur weil der alte Mr. Jenkins sich Tag für Tag in dem feuchten Werkzeugschuppen abgesondert hatte, wo er dann auf einem umgedrehten Eimer hockte, seinen Lunch aß und dazu die Sportseite der Lokalzeitung las, mußte Tammy es ihm nicht nachtun. Wenn jemand im Garten arbeitete, warum sollte er dann nicht auch seine Freude daran haben? So ähnlich jedenfalls äußerte sie sich – befangen wie üblich – Mrs. Brewer gegenüber, doch die schnaubte nur und gab Ruhe, aber sie konnte Tammy nichts abgewinnen.

Zwei Monate lang ging alles gut. Die Pforte wurde repariert, der Teich mit den Wasserrosen gesäubert, der Gemüsegarten bestellt. Langsam wurde das Gras grün, und

Tammy fuhr den abschüssigen Rasen mit dem Motormäher hinauf und hinunter. Er karrte Mist an, band die Klematis fest, jätete die Rabatten, versetzte einen aus der Reihe tanzenden Rhododendron. Und die ganze Zeit pfiff er bei der Arbeit. Ganze Arien und Kantaten mit sämtlichen Trillern und Arpeggien. Passagen von Mozart und Vivaldi stiegen in die Luft und mischten sich mit dem Vogelgezwitscher. Es war, als hätte man seinen Privatflötisten.

Und dann kam er Mitte Juli zu Abigail und teilte ihr mit, er würde jetzt zwei Monate lang nicht kommen. Sie war gekränkt und ärgerlich zugleich. «Aber, Tammy, Sie können doch nicht so ohne Vorankündigung gehen. Der Rasen muß gemäht und das Obst gepflückt werden und so weiter.»

«Sie schaffen das schon», erwiderte er gelassen.

«Aber warum gehen Sie?»

«Ich will bei einer Großgärtnerei in den Kartoffeln arbeiten. Das bringt gutes Geld. Ich möchte nämlich meine ganzen Bilder rahmen lassen, und das kostet ein Vermögen. Ungerahmt nimmt sie keine Ausstellung. Und wenn ich nicht ausstelle, verkaufe ich nie was.»

«Haben Sie schon mal ausgestellt?»

«Ja, einmal, in Leeds. Zwei Bilder.» Und er setzte ohne falsche Bescheidenheit hinzu: «Beide verkauft.»

«Ich kann es einfach nicht fassen, daß Sie sich aus dem Staub machen.»

«Ich komme ja wieder», versicherte er ihr. «Im September.»

Was hätte sie schon dagegen tun können. Und so ging Tammy und ließ Abigail sitzen, die natürlich im Hochsommer keinen Ersatz für ihn fand. Nicht mal einen Gelegenheitsarbeiter trieb sie auf, der ihr über das Gröbste hinweggeholfen hätte. Nachdem sich jedoch ihre anfängliche Wut gelegt hatte, konnte sie ihre Lage verhältnismäßig gelassen abwägen, und da ging ihr auf, daß sie gar keinen anderen Gärtner haben wollte. Wer arbeitete schon härter als Tammy Hoadey, aber, was noch wichtiger war, sie mochte ihn. Es kam ihr zwar ungelegen, aber die beiden Monate würden vorübergehen. Sie würde auf seine Rückkehr warten.

Und er kam zurück. Unverändert und immer noch in seiner bizarren Kleidung, dünner vielleicht, aber genauso fröhlich. Pfeifend begann er, die ersten toten Blätter zusammenzuharken. Jetzt war das Gitarrenkonzert von Rodrigo an der Reihe. Abigail zog sich Jeans und einen roten Pullover an und kam ihm zu Hilfe. Sie machten ein Feuer, und der helle Rauch wölkte in die stille, frühherbstliche Luft. Tammy trat einen Schritt zurück und lehnte auf seiner Harke. Über dem Feuer und durch den Rauch hindurch trafen sich ihre Blicke. Er lächelte Abigail an. Er sagte: «Rot steht Ihnen wirklich gut. Bislang habe ich Sie noch nie in Rot gesehen.»

Das machte sie verlegen, aber auch dankbar. Es war Jahre her, daß ihr jemand so ein nettes und spontanes Kompliment gemacht hatte.

«Ist doch bloß ein alter Pulli.»

«Aber eine gute Farbe.»

Das Kompliment klang in ihr nach und wärmte sie noch den ganzen nächsten Tag. An diesem Morgen ging sie ins Dorf zum Einkaufen. Neben der Drogerie hatte gerade eine kleine Boutique aufgemacht. Im Schaufenster war ein Kleid. Ein Seidenkleid, sehr schlicht, mit hübschem Gürtel und einem Rock, der zu tiefen Falten auffächerte. Das Kleid war rot. Ehe sie sich's versah, stand Abigail im Laden, probierte das Kleid an und kaufte es.

Sie erzählte Yvonne nicht, warum sie es so impulsiv gekauft hatte. «Rot?» fragte Yvonne. «Aber sonst trägst du nie Rot.»

Abigail biß sich auf die Lippe. «Findest du es zu knallig? Zu jugendlich?»

«Nein. Natürlich nicht. Ich staune nur, weil es so gar nicht zu dir paßt. Aber ich freue mich auch. Ich dachte schon, du willst den Rest deines Lebens in graubraunen Sachen versauern. Ich hatte eine Tante, die ist vierundachtzig geworden und ist zu Beerdigungen immer mit einem leuchtendblauen Federhut gegangen.»

«Was hat das mit meinem Kleid zu tun?»

«Gar nichts, glaube ich.» Sie mußten beide kichern wie Schulmädchen. «Schön, daß du es gekauft hast. Ich muß direkt eine Party geben, damit du es anziehen kannst.»

Aber im Oktober verstummte das fröhliche Gepfeife auf einmal. Tammy machte seine Arbeit stumm und nicht gerade redselig. Abigail befürchtete schon, er würde kündigen, und so nahm sie sich ein Herz und fragte ihn, ob etwas los wäre. Er sagte, ja, alles. Poppy hatte ihn verlassen. Sie hatte die Kinder genommen und war zu ihrer Mutter nach Leeds gegangen. Ein Schlag für Abigail. Sie saß auf der Kante des Gurkenfrühbeetes und sagte: «Für immer?»

«Nein, nicht für immer. Nur auf Besuch, sagt sie. Aber wir hatten Krach. Das Haus am

Steinbruch steht ihr bis hier, und ich kann's ihr nicht verdenken. Sie hat Angst, daß die Kinder über die Abbruchkante fallen, und der Kleine hustet nachts. Sie sagt, das kommt von der Feuchtigkeit.»

«Was wollen Sie jetzt machen?»

Er sagte: «Nach Leeds kann ich nicht zurück. Ich halte es in der Stadt nicht mehr aus. Nicht nach alldem hier.» Seine matte Geste umschloß den Garten, den Wald, die leuchtenden Rabatten, die goldenen Eichenblätter.

«Aber sie ist Ihre Frau. Und Ihre Kinder...»

«Sie kommt schon zurück», sagte Tammy, aber es klang nicht recht überzeugt. Abigail ging sein Kummer zu Herzen. Als er sich zu Mittag mit seinem mageren Imbiß hinsetzte, goß sie ihm ein Schüsselchen Suppe ein und trug es nach draußen, wo er zusammengesunken und niedergeschlagen neben dem Gewächshaus hockte. «Wenn sich Ihre Frau nicht um Sie kümmert, muß ich es wohl tun», sagte sie, und er lächelte dankbar und nahm die Suppe an.

Kaum zu glauben, aber Poppy und die Kinder kehrten zurück, das melodische Pfeifkonzert wurde jedoch nicht wiederaufgenommen. Abigail kam sich vor wie in einer

Seifenoper im Fernsehen: *Die Tammy Hoadey-Saga in Fortsetzungen*. Sie sagte sich, die Probleme gehen nur Tammy und Poppy etwas an, also Ehemann und Ehefrau. Es war nicht ihre, Abigails, Angelegenheit. Sie würde sich nicht einmischen.

Doch unbeteiligte Zuschauerin konnte sie auch nicht bleiben. Ungefähr eine Woche später suchte Tammy sie auf und bat sie um einen Gefallen. Der Gefallen bestand darin, daß Abigail ihm ein Bild abkaufen sollte.

Sie sagte: «Aber ich habe noch nie ein Bild von Ihnen gesehen.»

«Ich hab eins mitgebracht. Auf dem Gepäckträger. Es ist gerahmt.» Sie sah ihn groß an, denn es war ihr peinlich, aber er ging und kam mit einem großen Paket zurück, das in zerknittertes Packpapier eingeschlagen und mit Bindfaden verschnürt war. Er machte die Knoten auf und hielt Abigail das Bild zur Betrachtung hin.

Sie sah den silbrigen Rahmen, die hellen Farben, die auf dem Kopf stehende Prozession eigenartiger Männchen und merkte nur, daß sie von dieser Art Kunst überhaupt nichts verstand. Es war so ganz anders als die Gemälde von Dr. Haliday, daß ihr nichts dazu einfiel. Sie wurde rot. Tammy schwieg sich aus. Am Ende rutschte es Abigail heraus:

«Wieviel wollen Sie dafür haben?»

«Hundertfünfzig Pfund.»

«Einhundertfünfzig Pfund? Tammy, ich kann keine einhundertfünfzig Pfund nur für ein Bild ausgeben.»

«Haben Sie fünfzig?»

«Ja… ja…» So in die Enge getrieben, blieb ihr nichts als die grausame Wahrheit. «Aber… es ist nicht meine Art Bild. Ich meine, ich würde niemals so ein Bild kaufen.»

Er ließ sich jedoch nicht abschmettern. «Na gut, dann leihen Sie mir eben fünfzig Pfund. Nur für kurze Zeit. Und das Bild behalten Sie als Sicherheit.»

«Ich dachte, Sie haben in den Kartoffeln viel verdient?»

«Das ist alles für Rahmen draufgegangen. Und nächste Woche hat mein kleiner Junge Geburtstag, und beim Lebensmittelhändler müssen wir schon anschreiben lassen. Poppy ist mit ihrer Geduld am Ende. Sie sagt, wenn ich nicht bald Bilder verkaufe und Geld ins Haus kommt, geht sie für immer zu ihrer Mutter.» Das hörte sich verzweifelt an. «Wie schon gesagt, ich kann's ihr nicht verdenken. Ist ganz schön hart für sie.»

Abigail sah sich das Bild noch einmal an. Na ja, wenigstens leuchtende Farben. Sie nahm es Tammy ab und sagte: «Ich verwahre es für Sie. Ich passe gut darauf auf.» Damit ging sie ins Haus und nach oben in ihr Schlafzimmer und suchte ihre Tasche, aus der sie fünf neue Zehnpfundnoten holte.

‹Das›, so sagte sie sich, ‹dürfte die größte Dummheit meines Lebens sein.› Doch sie machte die Handtasche wieder zu, ging nach unten und gab Tammy das Geld.

Er sagte: «Vielen, vielen Dank.»

«Ich vertraue Ihnen», sagte Abigail. «Ich weiß, Sie enttäuschen mich nicht.»

Gegen Mittag rief Yvonne an: «Abigail, ich weiß, es ist ungehörig, dich so kurzfristig für heute abend zum Essen einzuladen. Aber eben hat Maurice aus dem Büro angerufen, daß er einen Geschäftsfreund mit nach Haus bringt, und da dachte ich, es wäre nett, wenn du rüberkommen und uns Gesellschaft leisten würdest.»

Abigail hatte keine rechte Lust. Tammys Probleme lagen ihr im Magen, und sie war nicht in Stimmung für eine Party. So nahm sie die Einladung nicht gerade begeistert auf, aber Yvonne fand, sie stelle sich albern an und hielt mit ihrer Meinung auch nicht hinterm Berg. «Du wirst eine richtige alte Jungfer. Wo ist deine Spontaneität geblieben?

Natürlich kommst du. Es wird dir guttun, und außerdem kannst du dein neues rotes Kleid anziehen.»

Aber Abigail zog das rote Kleid nicht an. Das sparte sie auf für... ja, wofür? Für irgend jemanden. Für einen besonderen Anlaß. Statt dessen zog sie das braune Kleid an, das Yvonne schon ein dutzendmal gesehen hatte. Sie frisierte sich, legte Make-up auf und ging nach unten. In der Diele lag immer noch Tammys Bild in seiner schlampigen Verpackung auf der Truhe neben dem Telefon. Es hatte etwas Anrührendes an sich, wirkte wie ein Hilfeschrei. *Wenn ich nicht ausstelle, verkaufe ich nie was.* Und wenn niemand seine ungewöhnlichen Bilder sah, würde er auch nie in die Gänge kommen. Dann schoß ihr eine Idee durch den Kopf. Vielleicht hatten ja Yvonne und Maurice Interesse. Vielleicht gefiel es ihnen so, daß sie Tammy auch ein Bild abkauften. Und sie würden es in ihr Wohnzimmer hängen, und da könnten es andere Leute sehen und sich nach ihm erkundigen.

Ein Hoffnungsschimmer. Maurice und Yvonne waren keine Kunstmäzene. Aber es war den Versuch wert. Entschlossen zog sich Abigail den Mantel an, knöpfte ihn zu, griff nach dem Paket und machte sich auf den Weg.

Maurice' Freund hieß Martin York und war ein hochgewachsener Mann, größer als Maurice, und außerordentlich fett. Er hatte einen kahlen Kopf mit einem Kranz ergrauender Haare. Wie er Abigail beim Sherry erzählte, war er von Glasgow zu einer Sitzung gekommen und hatte schon ein Hotelzimmer in London gebucht gehabt, aber dann hatte Maurice ihn überredet, die Buchung rückgängig zu machen und bei ihm in Brookleigh zu übernachten.

«Ein reizendes Nest. Wohnen Sie hier?»

«Ja. Mit einigen Unterbrechungen mein ganzes Leben.»

Maurice schaltete sich in die Unterhaltung ein. «Sie hat das hübscheste Haus im ganzen Ort. Und um ihren Garten kann man sie nur beneiden. Wie geht es mit dem neuen Gärtner, Abigail?»

«So neu ist er nun auch wieder nicht. Er arbeitet schon seit ein paar Monaten bei mir.» Sie erklärte Martin York die Sache mit Tammy. «...eigentlich ist er Künstler – Maler.» Jetzt oder nie. Sie mußte das Thema anschneiden. «Um die Wahrheit zu sagen, ich habe eines seiner Bilder mitgebracht. Ich... dachte, es würde euch interessieren.»

Yvonne kam aus der Küche und bekam den Rest noch gerade mit. «Wen, mich?

Aber, Abigail, ich hab noch nie ein Bild gekauft.»

«Ansehen könnten wir es uns schon», fiel Maurice rasch ein. Er war ein netter Mensch und bemühte sich unablässig, die unverblümten Äußerungen seiner Frau wiedergutzumachen.

«O ja, ich würde es mir auch gern anschauen...»

Und so stellte Abigail ihr Sherryglas hin und ging in die Diele, wo sie Tammys Bild zusammen mit ihrem Mantel abgelegt hatte. Sie trug das Paket ins Wohnzimmer, löste die Bindfadenverschnürung und entfernte das Packpapier. Sie gab Maurice das Bild, und der stellte es auf einen Stuhl und trat zurück, damit er es besser betrachten konnte.

Die beiden anderen bildeten mit ihm einen Halbkreis vor dem Bild. Niemand sagte ein Wort. Abigail merkte, daß sie nervös war, so als hätte sie selber die kleinen Figuren, das leuchtende Farbenmosaik geschaffen. Ach, wenn es doch einer gut finden würde, es unbedingt haben wollte! Sie kam sich vor wie die Mutter eines innig geliebten Kindes, das gewogen und zu leicht befunden wurde.

Schließlich brach Yvonne das Schweigen. «Aber da steht ja alles auf dem Kopf.»

«Ich weiß.»

«Abigail, hast du Tammy Hoadey das wirklich abgekauft?»

«Ja», log Abigail, denn sie brachte nicht den Mut auf, ihre Abmachung mit Tammy zu verraten.

«Wieviel hat er dir dafür abgeknöpft?»

«Yvonne!» mahnte ihr Mann.

«Abigail macht das nichts, was, Abigail?»

«Fünfzig Pfund», sagte Abigail und bemühte sich um einen weltläufigen Ton.

«Für fünfzig Pfund hättest du etwas richtig Gutes bekommen können.»

«Ich halte es für richtig gut», sagte Abigail trotzig.

Eine weitere lange Pause. Martin York hatte noch immer nichts gesagt. Aber er hatte die Brille aus der Tasche geholt und sie aufgesetzt, damit er das Bild besser betrachten konnte. Als Abigail das Schweigen nicht länger aushielt, wandte sie sich an ihn.

«Gefällt es Ihnen?»

Er nahm die Brille ab. «Es ist so unschuldig und lebendig. Und die Farben gefallen mir gut. Es wirkt wie das Bild eines altklugen Kindes. Sicher werden Sie viel Freude daran haben.»

Am liebsten hätte Abigail vor Dankbarkeit geweint. «Ganz sicher», sagte sie. Und dann rettete sie das Bild vor den schnöden Blicken der anderen, schlug es wieder in das zerknitterte Papier ein.

«Wie, sagten Sie doch, war der Name?»

«Tammy Hoadey», antwortete Abigail. Maurice reichte die Sherrykaraffe noch einmal herum, und Yvonne fing an, über ein neues Pony zu reden. Tammy wurde nicht mehr erwähnt, und Abigail wußte, daß ihr erster zaghafter Gehversuch als Mäzenin ein Reinfall gewesen war.

Am nächsten Montag kam Tammy nicht zur Arbeit. Am Ende der Woche stellte Abigail diskrete Nachforschungen an. Niemand im Dorf hatte die Hoadeys gesehen. Sie ließ noch ein, zwei Tage verstreichen, ehe sie das Auto nahm und auf dem ausgefahrenen, mit Abfall übersäten Feldweg zum alten Steinbruch fuhr. Die trostlose Hütte lag oben am Abbruch. Aus dem Schornstein stieg kein Rauch. An den Fenstern waren die Läden zugemacht, die Tür war abgeschlossen. In dem zertrampelten Garten lag ein vergessenes Kinderspielzeug, ein Plastiktraktor, dem ein Rad fehlte. Saatkrähen flogen krächzend vorbei, und ein leichter Wind kräuselte das schwarze Wasser unten im Steinbruch.

‹*Ich weiß, Sie enttäuschen mich nicht.*›

Aber er war mit seiner Frau und seinen Kindern nach Leeds zurückgegangen. Um wieder zu unterrichten und seine Träume vom Künstlerruhm zu begraben. Er war weg und mit ihm Abigails fünfzig Pfund, und sie würde ihn nie wiedersehen.

Sie fuhr nach Haus, wickelte sein Bild aus und trug es ins Wohnzimmer. Sie legte es auf einen Stuhl, und dann nahm sie behutsam den schweren Ölschinken mit dem üblichen, beliebigen Hochlandtal ab, der schon ewig über dem Kamin gehangen hatte. Er hinterließ massenhaft Staub und Spinnweben. Sie holte ein Staubtuch und machte sauber; dann hängte sie Tammys Bild auf. Sie trat zurück und betrachtete es: die reinen, klaren Farben, die kleine Prozession von Figuren, welche die Ränder der Leinwand und den oberen Rand hochmarschierten wie in alten Hollywood-Musicals, in denen Leute an der Decke tanzen. Sie merkte, daß sie lächelte. Das ganze Zimmer kam ihr verändert vor, so als ob gerade ein lebenssprühender und unterhaltsamer Mensch hereinspaziert wäre. Freude. Das war das Wort, das Maurice' Freund gebraucht hatte. Tammy war fort, aber er hatte einen Teil seines einnehmenden Wesens zurückgelassen.

Mittlerweile war schon wieder ein Monat ins Land gegangen. Jetzt war es wirklich Herbst, mit kalten Winden, Regenschauern und Nachtfrösten. Nach dem Mittagessen packte sich Abigail warm ein und ging nach draußen, denn sie mußte die Rosenbeete in Ordnung bringen, die erfrorenen Blüten abknipsen, das tote Holz ausschneiden. Sie schob gerade eine Schubkarre mit Abfällen zum Komposthaufen, als sie ein Auto hörte und eine lange schnittige Limousine leise um die Biegung des Weges geschnurrt kam und neben dem Haus hielt. Die Tür ging auf, und ein Mann stieg aus. Ein hochgewachsener Fremder mit silbrigem Haar und Brille in einem strenggeschnittenen, dunklen Mantel. Er sah beinahe so vornehm aus wie sein Auto. Abigail setzte die Karre ab und ging ihm entgegen.

«Guten Tag», sagte er. «Entschuldigen Sie bitte die Störung, aber ich suche Tammy Hoadey, und im Dorf hat man mir gesagt, daß Sie mir vielleicht weiterhelfen können.»

«Nein, er ist nicht da. Er hat früher für mich gearbeitet, aber er ist fort. Nach Leeds, glaube ich. Mit seiner Frau und seinen Kindern.»

«Sie wissen auch nicht, wo ich ihn finden kann?»

«Leider nein.» Sie zog die Gartenhandschuhe aus und bemühte sich, eine verirrte Strähne unter ihr Kopftuch zu schieben. «Er hat keine Adresse hinterlassen.»

«Und er kommt auch nicht zurück?»

«Wohl kaum.»

«O je.» Er lächelte. Es war ein betrübtes Lächeln, aber dadurch wirkte er plötzlich viel jünger und nicht mehr halb so furchteinflößend. «Vielleicht sollte ich Ihnen das erklären. Ich heiße Geoffrey Arland...» Er kramte in der Manteltasche und förderte aus einer Innentasche eine Karte zutage. Abigail nahm sie mit ihrer dreckigen Hand. *Geoffrey Arland Galleries* las sie und darunter eine Nobeladresse in der Bond Street. «Wie Sie sehen, ich bin Kunsthändler...»

«Ja», sagte Abigail. «Ich weiß. Vor ungefähr vier Jahren habe ich Ihre Galerie besucht. Mit meinem Vater. Da hatten Sie eine Ausstellung viktorianischer Blumenbilder.»

«Die haben Sie gesehen? Ach, wie nett. Es war eine ganz bezaubernde Sammlung.»

«Ja, wir haben es sehr genossen.»

«Ich...»

Doch der Wind hatte eine dunkle Regenwolke vor die Sonne geschoben, und mit einemmal fing es an zu regnen. «Wir sollten lieber ins Haus gehen», sagte Abigail.

Und sie ging voran, durch die Gartenpforte und gleich ins Wohnzimmer. Es wirkte nett und frisch, im Kamin brannte ein Feuer, auf dem Klavier stand ein Dahlienstrauß, und über dem Kamin hing Tammys leuchtendes Bild.

Er war hinter ihr ins Zimmer getreten und sah es sofort. «Aha, das ist eine von Hoadeys Arbeiten.»

«Ja.» Abigail machte die Glastür zu und nahm das Kopftuch ab. «Das habe ich ihm abgekauft. Er brauchte Geld. Er lebte mit seiner Familie in einem schaurigen Haus unten am Steinbruch. Etwas anderes konnte er nicht auftreiben. Muß schlimm gewesen sein, so ein Leben von der Hand in den Mund.»

«Ist das Ihr einziges Bild?»

«Ja.»

«Das, welches Sie Martin York gezeigt haben?»

Abigail kräuselte die Stirn. «Sie kennen Martin York?»

«Ja, er ist ein guter Freund von mir.» Geoffrey Arland drehte sich um und blickte Abigail an. «Er hat mir von Tammy Hoadey erzählt, weil er dachte, ich wäre interessiert. Was er nicht wissen konnte: Ich interessiere mich für Hoadeys Arbeiten, seit ich vor einiger Zeit zwei seiner Bilder auf einer Ausstellung in Leeds gesehen habe. Aber beide waren schon verkauft, und aus unerfindlichen Gründen ist es mir nie gelungen, mit Hoadey in Verbindung zu treten. Irgendwie bekomme ich ihn nie zu fassen.»

Abigail sagte: «Er hat mir den Garten gemacht.»

«Ein schöner Garten.»

«Er war schön. Mein Vater hat ihn angelegt. Aber er ist im Frühling gestorben, und unser alter Gärtner hatte keine Lust mehr, ohne ihn weiterzumachen.»

«Wie schade.»

«Ja», antwortete Abigail.

«Dann leben Sie hier also allein?»

«Augenblicklich ja.»

Er sagte: «In der Trauerzeit tut man sich schwer mit Entscheidungen… ich meine, wenn man einen lieben Menschen verloren hat. Meine Frau ist vor ungefähr zwei Jahren gestorben, und ich habe mich erst jetzt dazu aufraffen können, endlich umzuziehen. Zugegeben, nicht sehr weit. Nur von einem Haus in St. John's Wood in eine Wohnung in Chelsea. Und dennoch war es eine gewaltige Umstellung.»

«Falls ich keinen anderen Gärtner finde, muß ich wohl auch umziehen. Hierzubleiben und alles verkommen zu sehen, das halte ich nicht aus, und allein wächst es mir über den Kopf.»

Sie lächelten beide, sie kannten sich aus. Sie sagte: «Möchten Sie eine Tasse Kaffee?»

«Nein, ich kann nicht länger bleiben. Ich muß nach London zurück, wenn möglich noch vor der Rush-hour. Sollte er kommen, dann setzen Sie sich doch bitte mit mir in Verbindung, ja?»

«Natürlich.»

Es regnete nicht mehr. Abigail machte die Tür auf, und sie traten auf die Terrasse. Die Platten glänzten naß, die Regenwolken waren wie fortgeblasen, und der Garten lag jetzt in diesiges goldenes Sonnenlicht getaucht.

«Kommen Sie auch mal nach London?»

«Ja, manchmal. Wenn ich zum Zahnarzt muß oder was dergleichen lästige Dinge mehr sind.»

«Wenn Sie das nächste Mal zum Zahnarzt müssen, dann besuchen Sie hoffentlich auch meine Galerie.»

«Ja. Vielleicht. Und tut mir leid wegen Tammy.»

«Mir auch», sagte Geoffrey Arland.

Der November ging ins Land, dann war es Dezember. Grau und kahl lag der Garten unter dem Winterhimmel. Abigail hörte auf zu arbeiten und blieb im Haus, da sie die ersten Weihnachtskarten schreiben, an ihrem Gobelin sticken und fernsehen wollte. Zum erstenmal seit dem Tod ihres Vaters merkte sie, was Einsamkeit war. Nächstes Jahr, so sagte sie sich, bin ich einundvierzig. Nächstes Jahr bin ich entschlußfreudig und tüchtig. Ich suche mir einen Job, lerne neue Freunde kennen, lade Leute zum Essen ein. Das konnte niemand für sie tun, außer sie selbst, und sie wußte es, aber augenblicklich fehlte ihr der Mut, auch nur ins Dorf zu gehen. Und die Energie, nach London zu fahren, die brachte sie schon gar nicht auf. Geoffrey Arlands Karte blieb, wo sie sie hingesteckt hatte, im Rahmen von Tammys Bild. Langsam verstaubte sie und rollte sich an den Ecken ein, und bald, das wußte sie, würde sie sie ins Feuer werfen.

Ihre Niedergeschlagenheit stellte sich dann als Erkältung heraus, die sie zwei schlimme Tage lang ans Bett fesselte. Am dritten Morgen wachte sie spät auf. Sie wußte, daß es spät war, weil sie unten den Staubsauger hörte, und das hieß, Mrs. Brewer hatte sich mit ihrem Wohnungsschlüssel eingelassen und sich an die Arbeit gemacht. Vor Abigails offenen Vorhängen wurde der Himmel hell und wechselte von grauem Frühlicht zu einem hellen, klaren, winterlichen Blau. Die Stunden erstreckten sich vor ihr wie ein großes Loch. Dann stellte Mrs. Brewer den Staubsauger ab, und Abigail hörte einen Vogel singen.

Einen Vogel? Sie lauschte gespannt. Das war kein Vogel. Es war jemand, der Mozart pfiff. *Eine kleine Nachtmusik*. Abigail sprang aus dem Bett, lief zum Fenster und raffte die Vorhänge mit beiden Händen. Und erblickte unten im Garten die vertraute Gestalt: die Mütze mit der roten Troddel, den langen grünen Pullover, die Stiefel. Er hatte den Spaten geschultert und wollte zum Gemüsegarten, und seine Füße hinterließen Spuren auf dem bereiften Rasen. Sie schob das Fenster hoch, was machte es schon, daß sie im Nachthemd war.

«Tammy!»

Er blieb jäh stehen und hob das Gesicht. Er grinste. Er sagte: «Hallo, da oben.»

Sie zog an, was ihr in die Hände fiel, lief nach unten und dann nach draußen. Er wartete an der Hintertür auf sie und grinste albern.

«Tammy, was tun Sie hier?»

«Ich bin zurückgekommen.»

«Alle? Poppy und die Kinder auch?»

«Nein, die sind in Leeds. Ich unterrichte

wieder. Aber jetzt sind Ferien, und ich bin allein hier. Wohne wieder im Haus am Steinbruch.» Abigail sah ihn groß an. «Ich will die fünfzig Pfund abarbeiten.»

«Sie schulden mir gar nichts. Das Bild habe ich gekauft. Ich will es behalten.»

«Das freut mich, aber ich will meine Schulden trotzdem abarbeiten.» Er kratzte sich den Hals. «Sie haben wohl gedacht, ich hab's vergessen, was? Oder bin mit Ihrem Geld verduftet? Entschuldigung, daß ich mich einfach davongemacht hab, ohne Sie zu benachrichtigen. Aber der Kleine wurde immer kränker, hatte Grippe, und Poppy dachte schon, es wird eine Lungenentzündung. Sein Fieber war so hoch, daß er aus dem Haus mußte; es ist ungesund. Wir sind zu Poppys Mutter gezogen. Ein Weilchen war er noch sehr krank, aber jetzt ist er überm Berg. Und dann bot sich mir der Lehrauftrag. An so was kommt man heutzutage nur schwer ran, also dachte ich, die Chance darf ich mir nicht entgehen lassen.»

«Sie hätten mir schreiben können.»

«Ich bin kein großer Briefeschreiber, und die öffentliche Telefonzelle ist andauernd kaputt. Aber ich hab Poppy gesagt, daß ich in diesen Ferien nach Brookleigh fahre.»

«Aber was ist mit Ihrer Malerei?»

«Die hab ich abgeschrieben...»

«Aber...»

«Die Kinder kommen zuerst. Poppy und die Kinder. Ich hab's endlich eingesehen.»

«Aber, Tammy...»

Er sagte: «Ihr Telefon klingelt.»

Abigail lauschte. Ja, es klingelte. Sie sagte: «Mrs. Brewer nimmt sicher ab.» Aber es klingelte hartnäckig weiter, und so ließ sie Tammy stehen und ging ins Haus.

«Hallo?»

«Miss Haliday?»

«Ja.»

«Geoffrey Arland...»

Geoffrey Arland. Abigail fiel die Kinnlade herunter, nein, was für ein außergewöhnlicher Zufall aber auch. Da er natürlich nicht wissen konnte, daß ihr vor Staunen der Mund offenstand, fuhr er fort: «Tut mir leid, wenn ich Sie schon so früh am Morgen störe, aber ich habe heute noch viel zu tun und dachte, jetzt bekomme ich Sie eher zu fassen als später. Könnte ich Sie vor den Festtagen wohl noch nach London locken? Wir bauen eine Ausstellung auf, die ich ganz besonders gern Ihnen zeigen möchte. Und da dachte ich, vielleicht könnten wir auch zusammen Mittag essen? Mir ist fast jeder Tag recht...»

Endlich fand Abigail die Stimme wieder. Sie sagte: «Tammy ist wieder da.»

Geoffrey Arland, in dessen Redefluß sie hineinplatzte, schluckte natürlich. «Wie bitte?»

«Tammy ist wieder da. Tammy Hoadey. Der Künstler, den Sie hier gesucht haben.»

«Er ist wieder bei Ihnen?» Geoffrey Arlands Stimme klang auf einmal ganz anders, sachlich und geschäftsmäßig.

«Ja. Ausgerechnet heute morgen ist er aufgetaucht.»

«Haben Sie ihm erzählt, daß ich in Brookleigh gewesen bin?»

«Dazu war noch keine Zeit.»

«Ich möchte ihn sehen.»

«Ich bringe ihn mit nach London», sagte Abigail. «Ich fahre ihn im Auto hin.»

«Wann?»

«Morgen, wenn's Ihnen recht ist.»

«Hat er Arbeiten da, die er mir zeigen kann?»

«Ich frage ihn.»

«Bringen Sie alles, was er hat. Und wenn er nichts in Brookleigh hat, dann bringen Sie ihn allein mit.»

«Wird gemacht.»

«Ich erwarte Sie dann morgens. Kommen Sie direkt in die Galerie. Wir müssen einiges mit ihm bereden, und danach lade ich Sie beide zum Mittagessen ein.»

«Wir dürften so gegen elf bei Ihnen sein.»

Einen Augenblick lang schwiegen sie beide. Dann sagte Geoffrey Arland: «Was für ein Wunder», und auf einmal hörte er sich gar nicht mehr geschäftsmäßig an, sondern froh und dankbar.

«Es gibt noch welche.» Abigail lächelte über beide Wangen, und ihr Gesicht fühlte sich dabei ganz fremd an. «Ich freue mich so, daß Sie angerufen haben.»

«Ich freue mich auch. Aus vielerei Gründen.»

Er legte auf, und nach einem Weilchen legte auch Abigail auf. Sie stand neben dem Telefon und drückte die Arme fest an die Brust. Nichts hatte sich verändert, und doch war alles anders. Oben trabte Mrs. Brewer immer noch hinter dem Staubsauger her, aber morgen würden Abigail und Tammy nach London fahren und Geoffrey Arland aufsuchen, ihm Tammys Bilder vorführen und zum Mittagessen ausgeführt werden. Abigail würde ihr rotes Kleid anziehen. Und Tammy? Was würde Tammy anziehen?

Er wartete immer noch an der Stelle auf sie, wo sie ihn hatte stehenlassen, als das Telefon klingelte. Er lehnte auf seinem Spaten, stopfte sich die Pfeife und wartete auf ihre Rückkehr. Als sie auftauchte, blickte er auf und sagte: «Ich dachte, ich fange mit Graben an...»

Fast wäre ihr herausgerutscht: ‹Ach, Scheiß auf den Garten.› «Tammy, haben Sie Ihre Bilder mitgenommen, als Sie zurück nach Leeds gegangen sind?»

«Nein, die hab ich hiergelassen. Sie sind noch im Haus am Steinbruch.»

«Wie viele?»

«Ein gutes Dutzend.»

«Und ich muß Sie noch etwas fragen. Haben Sie – haben Sie einen guten Anzug?»

Er sah sie an, als ob sie nicht ganz bei Trost wäre. Dann sagte er: «Ja. Hat meinem Vater gehört. Den ziehe ich auf Beerdigungen an.»

«Toll», sagte Abigail. «Und nun hören Sie die nächsten zehn Minuten mal gut zu, ich habe Ihnen nämlich unheimlich viel zu erzählen.»

Hoffentlich kündigt Miss Haliday Tammy Hoadey, dachte Mrs. Brewer. Sie hatte ihn auf dem Feldweg mit dem Fahrrad kommen sehen, seelenruhig, ohne Vorwarnung oder Erklärung. ‹Unverschämter Kerl›, dachte sie, ‹taucht mir nichts, dir nichts auf, als ob er nie weggewesen wäre.›

Jetzt stand sie am Ausguß und füllte den Wasserkessel für ihre morgendliche Tasse Tee und beobachtete die beiden: Miss Haliday redete wie ein Wasserfall (was sie sonst nie tat), und Tammy stand da wie ein Idiot. ‹Jetzt kriegt er endlich sein Fett ab›, dachte Mrs. Brewer und freute sich. ‹War schon lange fällig, schon seit Monaten. Das kann er sich hinter den Spiegel stecken.›

Aber sie täuschte sich. Denn als Miss Haliday aufhörte zu reden, passierte gar nichts. Sie und Tammy standen ganz still da und starrten sich an. Und dann ließ Tammy Hoadey den Spaten fallen, warf seine Pfeife in die Luft, breitete die Arme aus und umarmte Miss Haliday, daß fast nichts mehr von ihr zu sehen war. Und Miss Haliday gebot dem dreisten Treiben keinen Einhalt, nein, sie warf Tammy die Arme um den Hals und drückte ihn direkt vor Mrs. Brewers Nase, und er hob sie hoch und schwenkte sie durch die Luft, so unbeschwert und unbeholfen, als wäre sie ein junges, leichtes Mädchen.

«Was kommt nun noch?» fragte sich Mrs. Brewer, während sich der Kessel mit Wasser füllte und im Ausguß unbeachtet überlief. «Was kommt nun noch?»

Wochenende

Waffenruhe für dieses Wochenende. Nicht etwa, daß sie sich nicht streiten wollten; schließlich hatten sie sich in den zwei Jahren, die sie sich jetzt kannten, nie gestritten. Statt Waffenruhe eher ein Gentleman's Agreement: Während dieses Wochenendes würde Tony Eleanor nicht wieder einmal bitten, ihn zu heiraten, so daß sie ihn nicht wieder einmal abweisen mußte.

Vor ein paar Tagen hatte er sie angerufen. «Eben sagt man mir, daß ich den Urlaub, der mir noch zusteht, nehmen kann. Möchtest du mit mir aufs Land fahren?»

Damit überrumpelte er Eleanor, die sich vor Korrekturfahnen, einem vollgestopften Terminkalender und einem eventuellen Autor, der sich gewaltig zierte, kaum noch retten konnte. «Ach Tony, ich weiß nicht recht. Ich glaube nicht. Ich meine...»

«Versuch's», unterbrach er sie. «Versuch's einfach. Rede mit deinem Verleger und sag ihm, du hast eine kranke Tante, der du das Kissen aufschütteln mußt.»

«So einfach geht das nicht...», sagte sie mit Blick auf ihren mit Arbeit überhäuften Schreibtisch.

«Dann eben nur das Wochenende. Wir fahren Freitag los, wenn du mit der Arbeit fertig bist, und kommen irgendwann Sonntag abend nach London zurück.»

«Wohin willst du?»

«Nach Brandon Manor.»

«Du meinst, wo du mal gearbeitet hast? Ich dachte, das können sich nur Millionäre leisten.»

«Millionäre und Angestellte meines Hotelkonzerns, dem es nämlich gehört. Ich bekomme Rabatt. Sag ja, und ich telefoniere und frage an, ob sie noch ein paar leere Zimmer haben.»

Eleanor überlegte. Ein Wochenende auf dem Land, beschaulich und mit allem Komfort, das war schon verlockend. Knospen an den Bäumen, die aufspringen wollten, Gras, das langsam grün wurde, Vögel, die schon sangen.

«Du willst doch nicht...», setzte sie an, doch dann verschluckte sie den Rest. «Ich meine, du willst nicht etwa...» Schon wieder hielt sie inne.

«Nein», sagte Tony, «wir werden uns nicht streiten. Das Thema Ehering ist streng tabu. Nur raus aus der Stadt und die Tage genießen.»

Jetzt lächelte Eleanor. «Das hört sich zu verlockend an», sagte sie.

Er sagte: «Ich liebe dich.»

«Tony, du hast es versprochen.»

«Nein, habe ich nicht. Ich habe nur gesagt, ich würde dich nicht bitten, meine Frau zu werden. Wie wir wissen, hat beides anscheinend nichts miteinander zu tun.» Aber er lächelte. Sie merkte seiner Stimme an, daß er lächelte. «Bis Freitag dann.»

Und jetzt waren sie fast da. Es war ein schöner Tag gewesen, warm und trocken, und die Luft roch direkt schon nach Sommer. In London sah man die ersten Markisen und an den Blumenständen die ersten Rosen. Aber auf dem Lande waren die Anzeichen des nahenden Sommers weniger künstlich. Die Obstgärten standen in voller, zarter rosa Blüte, und in den Gärten der kleinen Häuschen leuchteten Forsythien und samtige Schlüsselblumen auf sauber gejäteten Rabatten. Vor ihnen zog sich die Straße zum Hügelkamm hoch, auf eine Lücke in den Bäumen zu, und auf einmal bot sich ihnen der Blick auf das Tal von Evesham und die fernen, dunstiggrauen Malvern Hills.

«Ich könnte immer so weiterfahren», sagte Eleanor. «Weiter und immer weiter, bis wir nach Wales und ans Meer kommen.»

«Tun wir aber nicht. Wir wollen nach Brandon, und wir sind gleich da.» Das Auto kroch die abschüssige, kurvenreiche Straße hinunter. Die Bilderbuchhäuser des Dorfes schmiegten sich weit auseinandergezogen an den Fuß des Hügels. Sie bogen um eine Ecke, und vor ihnen lag, niedrig und weitläufig, das alte Herrenhaus mit seinen Sprossenfenstern und seinen steilen, dunklen Schieferdächern.

«Wie schön», sagte sie. «Wie lange hast du da gearbeitet?»

«Ungefähr fünf Jahre. Ich war der Vertreter des Vertreters des Managers, genauer gesagt, Mädchen für alles, aber was man im Hotelfach so lernen kann, das habe ich hinter diesen ehrwürdigen Mauern gelernt.»

«Wie lange ist es schon Hotel?»

«Die Familie, der es gehörte, hat es vor dem Krieg verkauft. Seitdem ist es Hotel. Es hat sogar eine Flitterwochensuite.» Kies knirschte, als sie auf der geschwungenen Auffahrt vor dem hohen Portal aus Stein hielten. Tony stellte den Motor ab und drehte sich lächelnd zu Eleanor um. «Keine Bange. Dort schlafen wir nicht. Auch wenn ich es für eine gute Idee halte.»

«Tony», mahnte sie ihn streng. «Du hast versprochen, nichts zu sagen, was auch nur im entferntesten mit Flitterwochen zu tun hat.»

«Es ist solch ein romantisches Fleckchen. Wird mir schwerfallen.»

«In dem Fall mußt du die ganzen zwei Tage auf dem Golfplatz verbringen.»

«Kommst du mit und machst den Caddy für mich?»

«Nein, ich suche mir einen netten, alleinstehenden, weiblichen Gast, mit dem plaudere ich über die neueste Mode.»

Tony mußte lachen. «Hört sich ganz nach einem ungewöhnlichen Wochenende an.» Dann beugte er sich unversehens vor und küßte sie auf den Mund. «Ich liebe dich noch mehr, wenn du dich bemühst, böse auszusehen. Jetzt komm aber, wir wollen keinen Augenblick vertun.»

Drinnen, in der gefliesten und getäfelten Eingangshalle, waren nur das Knistern des Feuers in dem gähnenden Kamin und das Ticken der Standuhr zu hören.

Man hatte die Rezeption diskret unter die Biegung der elisabethanischen Treppe eingefügt. Dahinter stand ein Mann mit dem Rükken zu ihnen und sortierte Post ein. Er hatte sie nicht hereinkommen hören und drehte sich erst um, als Tony seinen Namen sagte. «Alistair.»

Überrascht fuhr der Mann herum. Einen Augenblick herrschte erstauntes Schweigen, aber dann strahlte sein Gesicht auf, und er lächelte. «Tony! Was tust du denn hier?»

«Hier wohnen. Hast du denn meinen Namen nicht im Buch gelesen?»

«Ja, natürlich. Talbot. Aber ich hatte keine Ahnung, daß du das bist. Der Empfangschef hat dich eingetragen...» Er gab Tony einen freundschaftlichen Klaps auf die Schulter. «So eine Überraschung aber auch!»

Eleanor stand etwas hinter Tony. Der trat jetzt beiseite, streckte die Hand aus und zog sie zu sich. «Das ist Eleanor Dean.»

«Hallo, Eleanor.»

«Hallo.» Sie schüttelten sich die Hand über dem polierten Empfangstresen.

«Alistair und ich haben zusammen gelernt, da waren wir beinahe noch kleine Jungs. In der Schweiz», sagte Tony.

«Du bist jetzt in London, ja?» fragte Alistair.

«Ganz recht. Aber ich habe ein paar freie Tage bekommen, und da dachte ich, ich fahre mal hierher und sehe mir an, was du so aus dem Laden hier machst.» Er blickte sich um. «Sieht gar nicht übel aus. Läuft gut, was?»

«Ist fast das ganze Jahr über ausgebucht.»

«Reger Betrieb in der Flitterwochensuite?»

«An diesem Wochenende ist sie jedenfalls nicht mehr zu haben.» Alistair setzte zu einem Grinsen an. «Wieso? Hattest du Absichten?»

«Lieber Himmel, nein. Mit so was geben wir uns nicht ab.»

Alistair lachte und läutete. «Der Portier soll euch die Koffer hochtragen.»

Eleanor fand, es war genauso, als wäre man in einem furchtbar netten Privathaus zu Gast, außer daß man nicht beim Abwasch helfen mußte. Es war nun schon viele Jahre her, daß die Familie, die in diesem Haus gelebt und es geliebt hatte, es hatte verlassen müssen, und trotzdem war sie irgendwie noch präsent, hatte nicht nur ihre schönen Möbel, sondern auch ein unbestimmbares Ambiente zurückgelassen. Man hatte den Eindruck, alle wären nur kurz fort und würden jeden Augenblick zurückkommen. Das Haus war so geschickt umgebaut und renoviert worden, daß der moderne Komfort ihm überhaupt nichts von seiner Atmosphäre nahm, sondern eher noch dazu beitrug.

In jedem Zimmer hingen gestärkte Baumwollvorhänge vor den bleiverglasten Fenstern mit den tiefen Fensterbänken, und obwohl jedes Zimmer sein eigenes modernes Badezimmer hatte, fand man am Ende der verwinkelten Flure immer noch die Originalbadezimmer mit den prächtigen, mahagonivertäfelten Wannen und den Messinghähnen.

Unten war alles gleichermaßen einfallsreich umgestaltet. Die Lounge war einst im alten Haus der Salon gewesen, hatte Terrassentüren, hinter denen ein paar Stufen auf die Terrasse und dann auf die Rasenflächen des Gartens führten. Der Speisesaal war früher das große Vestibül gewesen und hatte ein Erkerfenster, das bis zur Decke reichte, und die Bar versteckte sich unten in einem kleineren Raum, ursprünglich wohl das Nähzimmer.

An diesem Abend war Tony mit Baden und Umziehen zum Abendessen fertig, ehe Eleanor sich ganz zurechtgemacht hatte. Er wartete auf sie, saß auf ihrer Bettkante und wirkte im dunklen Blazer und frischem Hemd mit Schlips hochgewachsen und weltläufig.

Sie sagte: «Du duftest so gut. Richtig sauber und würzig.»

«Mag sein, ich dufte gut, aber ich brauche trotzdem was zu trinken.»

«Geh schon runter und hol dir was, ich komme nach. In die Bar. Dauert keine zehn Minuten.»

Er ging, und sie bürstete ihr langes helles Haar, und dann sah sie sich im Spiegel in die Augen, und die Bürste sank herunter. Sie betrachtete sich – und fast verachtete sie das Mädchen, das da zurückstarrte.

‹Was willst du eigentlich?› fragte sie das Mädchen. ‹Was willst du wirklich?›

‹Ich will wissen, ob ich mich auf diese Beziehung einlassen kann und trotzdem nicht unterdrückt werde.›

‹Du willst alles haben. Man kann den Kuchen nicht behalten und aufessen. Du mußt dich entscheiden. Du bist nicht fair Tony gegenüber.›

Langsam bürstete sie weiter. Das kleine Zimmer hinter ihr mit seiner geblümten Tapete und dem neuen weißen Anstrich war wie ein sicherer Hort, wie ein viktorianisches Kinderzimmer. Wäre vielleicht schön, wieder Kind zu sein. Alles würde einem abgenommen, und man müßte keine Entscheidungen treffen.

Aber sie war kein Kind mehr. Sie war Eleanor Dean, Lektorin für Kinderbücher in einem betriebsamen Verlag, achtundzwanzig Jahre alt, erfolgreich und tüchtig. Sie war

Eleanor Dean – und war aus dem Alter, in dem man sich sentimental-nostalgisch nach längst vergangenen Zeiten sehnte. Rasch schminkte sie sich fertig, tupfte Parfüm auf, griff sich ihre Handtasche und verließ das Zimmer, ohne dem Mädchen im Spiegel auch nur einen letzten Blick zu schenken.

Als sie ihre Drinks in der Bar ausgetrunken hatten, gingen Tony und Eleanor auf dicken Teppichen über den Flur zum Speisesaal, wo drei Viertel der Tische besetzt waren und bereits das Abendessen serviert wurde.

Sie bestellten nach der Speisekarte, und als der Kellner gegangen war, lächelte Tony.

«Was hältst du von einem Ratespiel? Wer von den ganzen Leutchen hier bewohnt die Flitterwochensuite, na?»

Seine Augen funkelten lustig. Was war daran so komisch? Eleanor blickte sich ratlos und beiläufig im Raum um. Vielleicht das junge Pärchen dahinten in der Ecke? Nein, die sahen nicht annähernd wohlhabend genug aus. Das blasierte Paar drüben am Fenster? Die Frau starrte ins Leere wie ein hochgezüchtetes Pferd, und der Mann schien sich zu Tode zu langweilen. Die konnte man sich nicht einmal als Ehepaar vorstellen, geschweige denn in den Flitterwochen. Oder waren es die jungen amerikanischen Golfer, sie mit ihrer Bräune und er wie aus dem Ei gepellt in einem kastanienbraunen Blazer und Schottenhose?

Ihr Blick wanderte zu Tonys Gesicht zurück. «Ich habe nicht die leiseste Ahnung.»

Er machte eine winzige Bewegung mit dem Kopf. «Das Paar am Kamin.»

Eleanor blickte über seine Schulter, und da sah sie die beiden. Sie waren alt genug, um ihre Eltern, ja, sogar ihre Großeltern zu sein. Die Frau hatte das schimmernde weiße Haar zu einem lockeren Nackenknoten aufgesteckt; der Mann war ziemlich beleibt, hatte einen Schnurrbart und schütteres Haar. Eins von vielen gewöhnlichen, ältlichen Paaren. Und doch nicht gewöhnlich, denn sie plauderten und lachten in einem fort und hatten nur Augen füreinander.

Eleanors erstaunter Blick kehrte zu Tony zurück. «Bist du ganz sicher?»

«Aber ja doch. Mr. und Mrs. Renwick. Flitterwochensuite.»

«Du meinst, sie haben gerade geheiratet?»

«Müssen sie schon. Wozu würden sie sonst die Flitterwochensuite brauchen.»

«Vielleicht», sagte Eleanor, «sind sie seit Jahren befreundet, dann ist ihr Mann gestorben, dann seine Frau, und da haben sie beschlossen zu heiraten.»

«Vielleicht.»

«Oder vielleicht war sie nie verheiratet, und als seine Frau gestorben ist, konnte er ihr endlich gestehen, daß er sie sein Leben lang heimlich geliebt hat.»

«Vielleicht.»

«Kannst du's nicht herausfinden? Ich möchte es so gern wissen.»

«Ich dachte mir schon, daß dich das neugierig machen würde.»

Die Flitterwochensuite. Sie musterte die beiden erneut. Bezaubernd, wie sich offensichtlich jeder von beiden an der Gesellschaft des anderen freute.

«Meinst du nicht», fragte Tony, «daß du es dir bei dem Anblick doch noch überlegst oder dich zu einem Entschluß durchringst oder was auch immer du tun möchtest? Ich meine, was uns angeht.»

Eleanor blickte auf das Tischtuch. Sorgfältig, so als hinge viel davon ab, rückte sie ihr Messer zurecht. Sie sagte: «Du hast es versprochen. Und sein Versprechen darf man nicht brechen.»

Ihr Wein kam.

«Worauf wollen wir trinken?» fragte Tony.

«Nicht auf dich und mich.»

«Auf die Neuvermählten vielleicht? Auf ein langes und glückliches Leben?»

«Wieso nicht?» Sie tranken. Ihre Augen trafen sich über dem Rand ihrer Gläser. ‹Ich liebe ihn›, sagte sich Eleanor. ‹Ich habe Vertrauen zu ihm. Warum kann ich nicht auch Vertrauen zu mir haben?›

Am nächsten Morgen frühstückten sie spät und brachen danach zu einem Spaziergang auf. Das Wetter spielte mit, es war unvergleichlich schön. Eleanor trug weiße Jeans und einen Pullover über ihrer Hemdbluse, und als sie die Gartenanlagen erkundet und sich die mächtige Zehntscheuer angesehen hatten, die unweit des Hauses stand, schlenderten sie zum See hinunter und fanden ein trauliches Plätzchen am binsenbewachsenen Ufer, das windgeschützt war.

Hier stand das Gras dicht und grün, die ersten Gänseblümchen blühten, und sie lagen da und blickten den vereinzelten Wolken nach, die über den klaren blauen Himmel zogen, und waren so still und ruhig, daß ein Schwanenpärchen über den See geschwommen kam, um sich anzuschauen, wer da in seine abgelegene Welt eingedrungen war.

«Muß das schön gewesen sein», sagte Eleanor, «das alles hier sein eigen zu nennen. Hier Kind zu sein und alles für selbstverständlich zu halten. Ein Mann zu sein und zu wissen, daß es Teil von einem ist. Teil des Lebens und des Menschen, der man ist.»

«Aber es gab auch Pflichten», stellte Tony klar. «Leute, die für einen arbeiteten, ja, aber auch Leute, um die man sich kümmern mußte. Und für das Land war man auch verantwortlich, und die Gebäude mußten erhalten werden.»

«Hast du hier gern gearbeitet?»

«Ja», sagte Tony, «aber nach einem Weilchen hatte ich das Gefühl, ich versauere in dieser zwar wunderschönen, aber tiefen Provinz. Nicht genug Anregung.»

«Sind Menschen nicht genug Anregung?»

«Mir reicht das nicht ganz.»

Sie sagte: «Falls wir heiraten, ob wir dann auch das Gefühl haben, wir versauern in einer wunderschönen, aber tiefen Provinz?»

Tony schlug die Augen auf, hob den Kopf und sah sie etwas erstaunt an. «Wir wollten doch nicht übers Heiraten reden.»

«Das geht nun schon die ganze Zeit so, ohne daß wir es tatsächlich aussprechen. Vielleicht ist es besser, wir vergessen das Versprechen und reden frei von der Leber weg.»

Er stützte sich auf den Ellbogen. «Sieh mal, Eleanor, mein Schatz, wir kennen uns jetzt zwei Jahre. Wir haben uns und der übrigen Welt bewiesen, daß wir gut zusammenpassen. Es ist nicht nur ein Strohfeuer, eine zweifelhafte Affäre, die schal wird, sowie wir uns binden. Außerdem» – er grinste – «soll es mir nicht wie Mr. und Mrs. Renwick gehen, ich möchte mich nicht um den Genuß bringen, mit dir alt zu werden.»

«Ich auch nicht, Tony. Aber ich will auch nicht, daß es schiefgeht.»

«Du meinst, wie bei meinen Eltern?»

Tonys Eltern hatten sich scheiden lassen, als er fünfzehn war. Der Scheidungsprozeß war erbittert geführt worden, und danach waren sie getrennte Wege gegangen. Er sprach nie über diese traumatische Erfahrung, und Eleanor hatte seine Eltern auch noch nicht kennengelernt. Er fuhr fort: «Keine Ehe ist vollkommen. Und Fehler vererben sich nicht zwangsläufig. Außerdem waren deine Eltern glücklich.»

«Ja, sie waren glücklich.» Sie wandte sich von ihm ab und zupfte geistesabwesend an einem Grasbüschel. «Aber Mutter war erst fünfzig, als mein Vater gestorben ist.»

Tony legte ihr die Hand auf die Schulter und drehte sie zu sich um. Er sagte: «Ich kann dir nicht versprechen, daß ich ewig lebe, aber ich werde mir alle Mühe geben.»

Eleanor mußte gegen ihren Willen lachen. «Das glaube ich dir unbesehen.»

Sonntag morgen wollte sich Tony nach Ehemannsmanier absetzen und sich jemanden für eine Partie Golf suchen. Er lud Eleanor ein mitzugehen, doch sie lehnte ab und frühstückte umgeben von den Sonntagszeitungen im Bett. Gegen elf stand sie auf, badete, zog sich an, ging nach unten und nach draußen. Es war immer noch sonnig, aber nicht so warm wie am Tag vorher, und so machte sie sich geradewegs zu dem kleinen Pavillon auf, wollte Tony auf dem Golfcourse entgegengehen.

Als sie zu dem Gartenhäuschen kam, blieb sie stehen, denn sie wußte nicht, welche Richtung sie einschlagen mußte. Da sagte auf einmal eine Stimme hinter ihr: «Guten Morgen», und als sie sich umdrehte, sah sie auf der geschützten Veranda vor dem Pavillon ausgerechnet die Flitterwöchnerin, Mrs. Renwick, sitzen. Sie trug einen Tweedrock und eine dicke Strickjacke und schien sich in ihrem bequemen Korbsessel offensichtlich wohl zu fühlen.

Eleanor lächelte. «Guten Morgen.» Langsam ging sie auf die ältere Dame zu. «Ich wollte den Course entlang, aber jetzt weiß ich nicht, in welche Richtung ich gehen muß.»

«Mein Mann spielt auch Golf. Sie kommen, glaube ich, aus der Richtung da, aber ich sitze lieber, als daß ich laufe. Möchten Sie mir ein bißchen Gesellschaft leisten?»

Eleanor zögerte, dann sagte sie sich, wieso eigentlich nicht. Sie zog sich einen Korbsessel heran, machte es sich neben Mrs. Renwick bequem, streckte die Beine aus und hielt das Gesicht in die Sonne.

«Schön hier.»

«Viel schöner, als im kalten Wind herumzulaufen. Um welche Zeit ist Ihr Mann aufgebrochen?»

«Vor ein paar Stunden. Aber er ist nicht mein Mann.»

«Ach, Entschuldigung. Wie man sich doch täuschen kann. Wir fanden, Sie sehen wie frisch verheiratet und in den Flitterwochen aus.»

Lustig, daß auch die Renwicks sie und Tony begutachtet hatten, so wie sie sich über die beiden den Kopf zerbrochen hatten.

«Nein, leider nicht.» Sie warf einen Blick auf Mrs. Renwicks linke Hand, denn dort mußte ein glänzender, neuer Ehering funkeln, aber Mrs. Renwicks Ring war so schmal und abgenutzt wie die Hand, an der er steckte. Eleanor kräuselte ratlos die Stirn, und das merkte Mrs. Renwick.

«Ist etwas?»

«Nein, nichts. Nur, daß… na ja, wir dachten, Sie und Ihr Mann wären in den Flitterwochen.»

Mrs. Renwick warf den Kopf zurück und lachte schallend. «Was für ein Kompliment. Sie haben wohl herausgefunden, daß wir die Flitterwochensuite bewohnen!»

«Na ja…» Eleanor war so verlegen, als hätten sie hinter den Renwicks herspioniert. «Es ist nur – also – Tony und der Manager sind alte Freunde.»

«Ach so. Ich kann Sie beruhigen. Wir sind seit vierzig Jahren verheiratet und feiern hier unsere Rubinhochzeit. Und statt einer großen Feier hat uns mein Mann das Wochenende in Brandon spendiert. Hier haben wir nämlich unsere Flitterwochen verbracht… das war natürlich im Krieg, und mein Mann hatte nur zwei Tage Urlaub. Aber damals haben wir uns geschworen, daß wir eines Tages wiederkommen würden. Und es ist noch genauso schön wie damals.» Wieder lachte sie. «Nicht zu fassen, daß Sie uns für Frischvermählte gehalten haben. Sie müssen sich doch gefragt haben, was um alles auf der Welt so ein paar Mummelgreise wie wir noch vorhaben.»

«Nein», sagte Eleanor, «das haben wir nicht. Sie haben vollkommen glaubwürdig gewirkt. Haben gelacht und geredet, als ob Sie sich eben erst kennengelernt und sich über beide Ohren verliebt hätten.»

«Ein noch netteres Kompliment. Und wir haben sie auch beobachtet. Als Sie gestern abend getanzt haben, hat mein Mann gesagt, er hätte noch nie ein so gut aussehendes Paar gesehen.» Sie zögerte kurz, dann sagte sie, und das klang auf einmal sehr sachlich: «Kennen Sie sich schon lange?»

«Ja», sagte Eleanor. «Ziemlich lange. Zwei Jahre.»

Mrs. Renwick überlegte. «Ja», sagte sie nachdenklich, «das ist eine ziemlich lange Zeit. Leider sind die Männer heutzutage sehr verwöhnt. Es scheint, sie bekommen alle Vorteile des Ehelebens auf einem Silbertablett serviert, ohne sich um die Pflichten kümmern zu müssen.»

Eleanor sagte: «Es liegt an mir. Tony ist nicht so. Er will heiraten.»

Mrs. Renwick lächelte still. «Man kann sehen, daß er Sie liebt», sagte sie.

«Ja», gab Eleanor lahm zurück. Sie blickte die Ältere an, wie sie da im bleichen Sonnenschein saß und sie mit gütigen, klugen Augen musterte. Eine Fremde, doch auf einmal wußte Eleanor, daß sie ihr alles anvertrauen konnte. Sie sagte: «Ich weiß nicht, was ich tun soll.»

«Gibt es irgendeinen Grund, warum Sie ihn nicht heiraten wollen?»

«Keinen triftigen. Ich meine, wir sind beide frei, keiner von uns ist anderweitig gebunden. Außer an unsere Jobs.»

«Und die sind?»

«Tony ist Manager in einem Londoner Hotel. Und ich arbeite in einem Verlag.»

«Vielleicht ist Ihnen Ihre Karriere wichtig?»

«Ja, das ist sie. Aber so wichtig nun auch wieder nicht. Ich meine, ich könnte ja nach der Hochzeit weiterarbeiten. Wenigstens bis Kinder kommen.»

«Vielleicht... sind Sie nicht bereit, den Rest Ihres Lebens mit ihm zu verbringen?»

«Doch, gern. Und das macht mir so angst. Man wird doch Teil eines anderen Menschen... verliert die eigene Identität. Tonys Eltern haben sich scheiden lassen, da war er fünfzehn. Aber meine Eltern haben alles zusammen gemacht, sind immer füreinander dagewesen. Wenn sie getrennt waren, haben sie jeden Tag telefoniert. Und dann hatte mein Vater einen Herzanfall und ist gestorben, und meine Mutter stand allein da. Sie war erst fünfzig. Früher war sie für Familie und Freunde ein Fels in der Brandung, doch dann ist sie einfach... zerbrochen. Wir dachten, wenn die Trauerzeit vorbei ist, besinnt sie sich wieder und macht einen neuen Anfang, aber es ist anders gekommen. Sie hat einfach aufgehört zu leben, als mein Vater gestorben ist. Ich liebe sie sehr, aber ich halte es bei dieser unglücklichen Frau einfach nicht aus.»

«Das tut mir leid», sagte Mrs. Renwick. «Doch leider müssen wir uns alle einmal trennen. Ich bin jetzt sechzig, und mein Mann ist fünfundsiebzig. Es hieße, den Kopf in den Sand zu stecken, wollten wir so tun, als hätten wir noch viele Jahre vor uns, und gerechnet an der durchschnittlichen Lebenserwartung werde ich diejenige sein, die allein bleibt. Ich habe jedoch herrliche Erinnerungen, und Alleinsein hat mir noch nie etwas ausgemacht. Ich bin schließlich ich selber. Bin es immer gewesen. Ich liebe Arnold innig, aber ich habe nie ständig mit ihm zusammensein wollen. Darum sitze ich jetzt ja auch hier und trabe nicht den Fairway entlang, spiele die Märtyrerin und sehe mir an, wie der seine ganzen Putts verfehlt.»

«Haben Sie nie Golf gespielt?»

«Du liebe Zeit, nein. Ich bin schrecklich unsportlich. Aber zum Glück habe ich als Kind Klavierunterricht gehabt. Sehr gut spiele ich allerdings nicht. Nicht gut genug jedenfalls, um damit aufzutreten. Meistens habe ich nur für mich selbst gespielt. Das war mein ganz privater Bereich. Ich habe mir Zeit für mich selbst genommen. Daraus habe ich mein Leben lang viel Kraft geschöpft, und das bleibt mir erhalten, was auch immer geschieht. Ich habe Glück gehabt. Aber es gibt ja noch mehr. Eine meiner Freundinnen hat keine besonderen Begabungen, aber sie macht jeden Nachmittag einen Spaziergang mit ihrem Hund. Sie geht allein und bei Wind und Wetter, eine geschlagene Stunde lang. Niemand darf sie begleiten. Sie versichert mir, es hat ihr mehr als einmal geholfen, als sie dabei war, den Verstand zu verlieren.»

Eleanor sagte: «Wenn ich nur sicher wäre, ich werde so und nicht wie meine Mutter...»

Mrs. Renwick blickte sie lange und abschätzend an. «Sie wollen diesen jungen Mann heiraten?» Nach einem Weilchen nickte Eleanor. «Dann heiraten Sie ihn! Sie sind viel zu intelligent, um sich von irgendeinem Mann erdrücken zu lassen, und schon gar nicht von dem gutaussehenden Burschen, der Sie offensichtlich anbetet.» Sie beugte sich vor und legte ihre Hand auf Eleanors. «Nur nicht vergessen, Sie müssen sich Ihre eigene, private Welt schaffen. Geistig unabhängig bleiben. Und er wird Sie dafür achten und Ihnen dafür dankbar sein, und es wird Ihr gemeinsames Leben unendlich interessanter machen und bereichern.»

«Wie Ihr Leben», sagte Eleanor.

«Was wissen Sie schon über mein Leben.»

«Sie sind vierzig Jahre verheiratet und lachen immer noch mit Ihrem Mann.»

«Ist es das, was Sie wollen?» fragte Mrs. Renwick.

Nach einem Weilchen sagte Eleanor: «Ja.»

«Warum greifen Sie dann nicht mit beiden Händen zu? Nehmen Sie Ihr Leben in die eigene Hand. Ich glaube, jetzt sehe ich Ihren Tony, ganz hinten, am Ende des Fairways. Warum gehen Sie ihm nicht entgegen?»

Eleanor sah hin. Sah in der Ferne zwei Gestalten herankommen – eine davon unverkennbar Tony. Lächerlich, wie aufgeregt sie war. «Vielleicht – ja», sagte sie.

Sie stand auf, zögerte, drehte sich zu Mrs. Renwick um und gab ihr einen Kuß auf die Wange. «Danke», sagte sie.

Sie ging die Stufen des Sommerhäuschens hinunter, überquerte den Kies und trat auf den federnden Rasen des Fairways. Tony, hinten in der Ferne, sah sie und winkte. Sie winkte zurück und fing an zu laufen, als gelte es, keine einzige Minute zu verpassen, selbst wenn sie den Rest ihres Lebens zusammen verbringen wollten.

50 JAHRE ROWOHLT ROTATIONS ROMANE

50 Taschenbücher im Jubiläumsformat
Einmalige Ausgabe

Paul Auster, *Szenen aus «Smoke»*
Simone de Beauvoir, *Aus Gesprächen mit Jean-Paul Sartre*
Wolfgang Borchert, *Liebe blaue graue Nacht*
Richard Brautigan, *Wir lernen uns kennen*
Harold Brodkey, *Der verschwenderische Träumer*
Albert Camus, *Licht und Schatten*
Truman Capote, *Landkarten in Prosa*
John Cheever, *O Jugend, o Schönheit*
Roald Dahl, *Eine Kleinigkeit*
Karlheinz Deschner, *Bissige Aphorismen*
Colin Dexter, *Phantasie und Wirklichkeit*
Joan Didion, *Wo die Küsse niemals enden*
Hannah Green, *Kinder der Freude*
Václav Havel, *Von welcher Zukunft ich träume*
Stephen Hawking, *Ist alles vorherbestimmt?*
Elke Heidenreich, *Dein Max*
Ernest Hemingway, *Indianerlager*
James Herriot, *Sieben Katzengeschichten*
Rolf Hochhuth, *Resignation oder Die Geschichte einer Ehe*
Klugmann/Mathews, *Kleinkrieg*
D. H. Lawrence, *Die blauen Mokassins*
Kathy Lette, *Der Desperado-Komplex*
Klaus Mann, *Der Vater lacht*
Dacia Maraini, *Ehetagebuch*
Armistead Maupin, *So fing alles an ...*
Henry Miller, *Der Engel ist mein Wasserzeichen*

50 JAHRE ROWOHLT ROTATIONS ROMANE

Nancy Mitford, *Böse Gedanken einer englischen Lady*
Toni Morrison, *Vom Schatten schwärmen*
Milena Moser, *Mörderische Erzählungen*
Herta Müller, *Drückender Tango*
Robert Musil, *Die Amsel*
Vladimir Nabokov, *Eine russische Schönheit*
Dorothy Parker, *Dämmerung vor dem Feuerwerk*
Rosamunde Pilcher, *Liebe im Spiel*
Gero von Randow, *Der hundertste Affe*
Ruth Rendell, *Wölfchen*
Philip Roth, *Grün hinter den Ohren*
Peter Rühmkorf, *Gedichte*
Oliver Sacks, *Der letzte Hippie*
Jean-Paul Sartre, *Intimität*
Dorothy L. Sayers, *Eine trinkfeste Frage des guten Geschmacks*
Isaac B. Singer, *Die kleinen Schuhmacher*
Maj Sjöwall/Per Wahlöö, *Lang, lang ist's her*
Tilman Spengler, *Chinesische Reisebilder*
James Thurber, *Über das Familienleben der Hunde*
Kurt Tucholsky, *So verschieden ist es im menschlichen Leben*
John Updike, *Dein Liebhaber hat eben angerufen*
Alice Walker, *Blicke vom Tigerrücken*
Janwillem van de Wetering, *Leider war es Mord*
P. G. Wodehouse, *Geschichten von Jeeves und Wooster*

Programmänderungen vorbehalten

ROSAMUNDE PILCHER
Eine Auswahl

Das blaue Zimmer
Erzählungen. Deutsch von Margarete Längsfeld
und Ingrid Altrichter
336 Seiten. Gebunden und rororo 13922

Blumen im Regen
Erzählungen. Deutsch von Dorothee Asendorf
352 Seiten. Gebunden und rororo 13207

Ende eines Sommers
Roman. rororo 12971

Heimkehr
Roman. Deutsch von Ingrid Altrichter,
Helmut Mennicken und Maria Mill
1168 Seiten. Gebunden

Karussell des Lebens
Roman. rororo 12972

Die Muschelsucher
Roman. Deutsch von Jürgen Abel
704 Seiten. Gebunden und rororo 13180

September
Roman. Deutsch von Alfred Hans
624 Seiten. Gebunden und rororo 13370

Die Welt der Rosamunde Pilcher
Hg. von Siv Bublitz
160 Seiten. Gebunden

Wilder Thymian
Roman. Deutsch von Ingrid Altrichter
368 Seiten. Gebunden und rororo 12936